Thommie Bayer
Das innere Ausland

PIPER

Zu diesem Buch

Andreas Vollmann glaubt, endlich in seinem Leben angekommen zu sein. Nach mehr oder weniger allein verbrachten Jahren als Bahnschaffner in europäischen Zügen lebt er mit seiner Schwester Nina in einem idyllischen Haus im Süden Frankreichs, wo er die Tage in bukolischer Abgeschiedenheit verbringt. Bis Nina sehr plötzlich stirbt und Andreas sich seiner inneren Einsamkeit bewusst wird. Es ist kein Zufall, dass wenig später eine fremde Frau vor seinem Haus steht – sie heißt Malin und ist Ninas Tochter, von der Andreas allerdings noch nie etwas gehört hat. Während die beiden sich einander annähern und Malin ihm von der unbekannten Seite seiner Schwester erzählt, erkennt Andreas, dass das Leben ihm eine zweite Chance bietet. Doch er muss sie auch ergreifen.

Thommie Bayer schreibt von der Annäherung zweier Menschen und ihrer gemeinsamen Spurensuche. Je näher die beiden einander kommen, desto unglaublicher wird das, was sie sich zu erzählen haben.

Thommie Bayer, 1953 in Esslingen geboren, studierte Malerei und war Liedermacher, bevor er 1984 begann, Stories, Gedichte und Romane zu schreiben. Neben anderen erschienen von ihm »Die gefährliche Frau«, »Singvogel«, der für den Deutschen Buchpreis nominierte Roman »Eine kurze Geschichte vom Glück« und zuletzt »Sieben Tage Sommer«.

Thommie Bayer

Das innere Ausland

Roman

PIPER

Mehr über unsere Autorinnen, Autoren und Bücher:
www.piper.de

Von Thommie Bayer liegen im Piper Verlag vor:
Der langsame Tanz
Der Himmel fängt über dem Boden an
Die gefährliche Frau
Spatz in der Hand
Singvogel
Einsam, zweisam, dreisam
Eine kurze Geschichte vom Glück
Eine Überdosis Liebe
Aprilwetter
Fallers große Liebe
Die frohe Botschaft abgestaubt
Heimweh nach dem Ort, an dem ich bin
Das Aquarium
Vier Arten, die Liebe zu vergessen
Die kurzen und die langen Jahre
Weißer Zug nach Süden
Seltene Affären
Das innere Ausland
Das Glück meiner Mutter
Sieben Tage Sommer

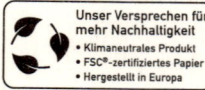 

Ungekürzte Taschenbuchausgabe
ISBN 978-3-492-31470-1
1. Auflage Dezember 2019
4. Auflage November 2023
© Piper Verlag GmbH, München 2018
Umschlaggestaltung: zero-media.net, München
Umschlagabbildung: Eric Forey / Trevillion Images
Satz: Satz für Satz, Wangen im Allgäu
Gesetzt aus der Bembo
Gedruckt von ScandBook in Litauen
Printed in the EU

Für Jone

1

Der Hund des Engländers verbellte auch vorüberziehende Wolken oder Grasbüschel, die der Wind über die Straße trieb. Und er war immer da, auch wenn sein Herrchen mit dem kleinen gelben Nissan zum Einkaufen fuhr – der Hund versorgte die spärlich verstreute Nachbarschaft mit immer wieder Fehlalarm.

Ich brauchte keine Klingel. Mir genügte ein Blick durchs Küchenfenster in entsprechendem Zeitabstand zum Gebell, um zu sehen, ob jemand vor der Tür stand. Das kam nur selten vor. Mal die Postbotin, mal der Getränkelieferdienst und einmal in der Woche Aurélie, die Haushälterin, die sich um alles kümmerte, wozu ich mich nicht aufraffen mochte.

Auch diesmal war es nur der ramponierte Mahindra-Pick-up mit dem Verwalter des benachbarten Weinguts, dessen Felder bis fast nach Cadenet hinüberreichen. Hätte es nicht in der Nacht geregnet, wäre seine Staubfahne Hunderte von Metern weit zu sehen gewesen und erst nach Minuten wieder zu Boden gesunken.

Es war Ende Oktober, die Weinlese noch nicht vorüber, die Olivenernte noch nicht begonnen, und der Hund hatte viel zu tun, weil in dieser Zeit Trupps von Saisonarbeitern die Ruhe stören, die hier das restliche Jahr über herrscht. Ein paar Touristen, die im Hauptgebäude der Domaine wohnen und abends spazieren gehen, sind zwischen April und September so ziemlich die einzigen beweglichen Elemente in der schläfrigen Umgebung, die sich überwiegend der Photosynthese widmet.

Ich strich mir mit der Hand über die Wange und überlegte, ob ich mich gleich oder erst am nächsten Tag rasieren sollte. Im Augenblick war es noch nicht wirklich nötig, aber einen Tag später würde es schon wehtun. Das tickende Gurgeln des Espressokännchens und der Kaffeeduft lenkten mich von dieser Frage ab, und ich nahm das Kännchen vom Gas, schaltete den Herd aus und goss Milch in den elektrischen Aufschäumer. Der Hund bellte wieder.

Wenn man an Straßenbahnschienen oder einer Kirche wohnt, lernt man, den Lärm auszublenden, aber bei Hundegebell scheint das nicht zu funktionieren. Zumindest bei mir nicht. Ich lebte schon fast fünf Jahre hier und erschrak noch immer, wenn es wieder losging. Ich knall den jetzt ab, hatte Nina manchmal gesagt, ich weiß, der Hund kann nichts dafür, aber ich kann dann eben auch nichts dafür.

Es war still seit Ninas Tod. Keine Peter-Gabriel- und King-Crimson-Platten mehr, kein Gesumme französischer Gassenhauer, kein Scheppern und Schimpfen in der Küche und kein Kichern mehr über meine Marotten, zum Beispiel die, den Salat in Plastikbeutel zu packen, bevor er in den Kühlschrank kommt. Nur noch der Hund und dann und wann ein vorbeifahrendes Auto.

~

Es war Ninas Idee gewesen, sich das Haus zu teilen. Sie wollte den hinteren Teil mit dem schöneren Blick behalten, einen ehemaligen Stall, den sie mit ihrem Mann zu einer Art Loft mit großen Fenstern ausgebaut hatte, und ich sollte das Vorderhaus übernehmen, in dem ursprünglich Ferienwohnungen geplant gewesen waren, zu deren Ausbau sich das Ehepaar aber nie so recht hatte aufraffen können. Als sie dann kein Ehepaar mehr waren, hatte sich Nina das Haus ausbedungen und ihrem Exmann die Stadtwohnung in Paris überlassen. Gegen einen entsprechenden finanziellen Ausgleich, versteht sich, denn Nina war zu der Zeit schon längst zur Realistin geworden, die das Wesentliche vom Unwesentlichen trennte. Das Wesentliche war, niemals mehr von jemandem abhängig zu sein.

Du musst nichts dafür zahlen, hatte sie gesagt, ich schenk das lieber dir, als dass ich es einem Fremden verkaufe. Ich starrte sie damals nur an und schwieg, bis sie ins Bad verschwunden war, um zu duschen. »Danke«, rief ich dann irgendwann durch die geschlossene Tür hindurch, und »Willkommen«, brüllte sie zurück, als schimpfte sie mit mir. Direkt danach kam noch ein Schrei von ihr, weil sie das Duschwasser wohl zu heiß eingestellt hatte.

Seit ihrem Tod im Juli hatte ich den Eindruck, alles sei blasser geworden. Draußen war das normal für diese Jahreszeit, die Sonne bleichte das Grün der Umgebung aus, und eine feine Staubschicht legte sich zwischen den seltenen Regengüssen auf Blätter, Gras und Früchte, aber auch innen hatten Küche und Bibliothek, die beiden Räume, in denen wir jeden Tag zusammen gewesen waren, wie auch ihr Hausteil mit dem riesigen Wohnschlafraum und dem nicht viel kleineren Bad ihre Farbigkeit verloren. Oder die Farben ihren Glanz.

Ich setzte mich mit meinem Milchkaffee und einem Croissant auf die Terrasse. Es war noch früh, halb neun, den Schatten der Pinie musste ich jetzt noch nicht aufsuchen, das wurde erst ab elf Uhr notwendig, wenn sich die Erntehelfer am anderen Ende des Weinfeldes ihre weißen Mützen aufsetzten und die Hitze den Blick in die Ferne verzitterte.

Nina wäre jetzt im Garten beschäftigt gewesen, aber ich wusste nicht, was zu tun war. Ich sollte Aurélie fragen, ob sie jemanden kannte, der mich anleiten konnte, das nahm ich mir schon seit einiger Zeit vor, vergaß es aber immer wieder. Noch sah es, zumindest für mich, nicht verwahrlost aus, aber hier und da wuchs schon manches, das vor Ninas Augen vermutlich keine Gnade gefunden hätte.

Sie hatte sich bei der Gartenarbeit in diesem Frühjahr immer wieder an den Rücken gefasst und mit schmerzverzerrtem Gesicht kleine Pausen eingelegt, aber immer, wenn ich ihr Hilfe anbot, abgelehnt und gesagt, du hast zwei linke Hände mit zehn Daumen, lass mal. Dass sie keine Rückenprobleme hatte, sondern Metastasen, blieb ihr Geheimnis, bis sie eines Tages verschwunden war, als ich vom Einkaufen in Cadenet zurückkam. Ein Zettel auf dem Küchentisch: *Ich bin ein paar Wochen weg, Freunde*

besuchen im Schwarzwald, mach's gut, mein Großer, Nina.
Keine Adresse, keine Telefonnummer, kein Datum, an
dem sie wieder zurück sein wollte. Und dann, kaum drei
Wochen später, der Brief von ihr, in dem sie mir erklärte,
der Krebs habe zuerst ihre Niere zersetzt, dann so ziemlich den ganzen Rest ihres Körpers, sie habe das viel zu
spät entdeckt, eine Therapie sei vollkommen aussichtslos
gewesen, und sie habe mir dies verheimlicht, weil es auch
jetzt noch früh genug für mich sei, um sie zu trauern, sie
danke mir für die Jahre, die sie mit mir genossen habe,
sie danke mir für alles, ich sei der beste große Bruder,
den man sich wünschen könne, ich solle ihre Asche beim
Haus vergraben, bitte mit Blick nach Norden, ich werde
Post von einem Anwalt aus Aix-en-Provence erhalten,
der alles für sie geregelt habe, falls es doch einen Himmel
gebe, werde sie von dort aus auf mich achten, sie umarme
mich und gehe, zwar mit Schmerzen, aber ohne Kum-
mer.

Seit diesem Tag stapelte sich die Post auf der alten
Anrichte in der Küche, direkt unter dem Kalender. Dort
legte ich jeden neuen Brief ab. Es waren nicht allzu viele
und nur einer aus Aix. Die Urne kam Anfang September
mit einem Kurier. Sie stand neben den Briefen, war aus
recyceltem Kunststoff, gesprenkelt, sah aus wie ein Ter-
razzoboden.

»Ciao ragazzo«, rief Filippa, die Postbotin, aus dem Auto
heraus und winkte. Ich winkte zurück, ohne zu antworten, sie würde mich nicht hören, denn sie fuhr, um ihre
Italianitá herauszustreichen, wie Caracciola und über-
tönte mit ihrem Motorgeräusch sogar den Hund für

einen Moment. Die Staubfahne hinter ihr erhob sich ein paar Zentimeter von der Straße in die Luft, hatte sich aber schon wieder gelegt, als Filippa nach dreihundert Metern mit einem Hupen in die Auffahrt der Domaine einbog.

Mich Ragazzo zu nennen war ein freundlicher Witz. Mein Haar war weiß, ich vierundsechzig, und ohne Brille las ich in der Zeitung allenfalls die Überschriften.

Die genügten mir dann auch, wenn ich sie im Vorbeigehen am Schaufenster der Maison de la Presse überflog oder auf Facebook von irgendwem gepostet sah, die Artikel las ich nicht mehr. Seit Jahren nicht.

Ich hörte Filippa weiterfahren. Der Lärm, den sie dabei machte, drang bis zu mir, weil sie jeden Gang an die Drehzahlgrenze ausfuhr. Wie ein Fünfzehnjähriger mit aufgebohrtem Moped. Vor jeder Kurve schaltete sie herunter und sandte ihr akustisches Signal, eine Art Äquivalent zum Posthorn vergangener Zeiten, über die Felder, durch die Büsche, in alle Richtungen, bis sie endlich um einen Hügel gebogen war.

Ich ging nach drinnen, stellte meine Tasse in die Spüle, ging ins Bad, zog mich aus und stellte mich unter die Dusche. Dann putzte ich mir die Zähne vor dem dampfblinden Spiegel – diese Reihenfolge war Absicht, denn so musste ich meine Tränensäcke, die mir das lächerlich melancholische Aussehen eines Stummfilmkomikers verleihen, nicht betrachten.

Ich zog meine Jeans wieder an, die ich nur im Haus trug, die ausgeleierten hellbraunen Slipper und ein dunkelblaues, kragenloses Hemd, dessen Knöpfe ich nicht schloss. Jetzt, da Filippa vorbeigestoben war, würde mich niemand mehr sehen, wenn ich den Hof fegte und den Löwenzahn zwischen den Pflastersteinen rupfte. Aber vorher machte ich mir einen zweiten Kaffee und legte die weiße Schirmmütze bereit, denn die Sonne würde in einer halben Stunde über den Bergrücken kommen, und ich warte nie, bis sie erst hoch am Himmel steht, sondern wehre schon die ersten milden Strahlen ab, weil ich schneller als andere einen Sonnenstich bekomme.

Ich hatte alle Pinienzapfen ins Gebüsch gekickt und ein knappes Viertel des Platzes gefegt, als der Hund wieder anfing und ein Taxi vor der Einfahrt hielt. Eine Frau stieg aus, nahm einen Rucksack vom Rücksitz und hängte ihn über die Schulter, befreite einen Teil ihrer langen schwarzen Locken, der sich zwischen Tragriemen und Körper verklemmt hatte, und ließ sich dann einen großen Rollkoffer vom Taxifahrer aus dem Wagen heben. Sie gab dem Mann einen Schein, bekam von ihm, nachdem er kurz wieder im Auto verschwunden war, Wechselgeld zurück, gab ihm davon noch einen Schein, und er bedankte sich, ging ums Auto, stieg ein und fuhr los.

Ich hatte mir die Szene angeschaut, ohne zu verstehen, warum sie sich vor meinem Haus abspielte. Wenn die Frau zum Engländer nebenan wollte, wieso stieg sie dann hier aus, anstatt die fünfzig Meter bis zu seinem Tor weiterzufahren?

Sie sah zu mir her, schien sich zu fragen, wieso ich ihr nicht entgegenkam, zog dann den Griff des Koffers heraus und kam, vom Rumpeln der harten Räder begleitet, direkt auf mich zu.

»Andreas?«, fragte sie.

»Ja?«

»Ich bin Malin.«

Ich hatte keine Ahnung, wer sie sein könnte, aber besann mich auf meine Manieren, knöpfte das Hemd zu, ging ihr den Rest des Weges entgegen und nahm den Koffer, ergriff die Trageschlaufe und trug ihn, um das Rattern seiner Räder nicht mehr hören zu müssen.

Die zehn Meter bis zum Haus, wo ich den Koffer neben der Tür abstellte, gingen wir schweigend, und ich versuchte, auf irgendetwas zu kommen, das ich vergessen haben und zu dem eine Frau namens Malin passen könnte, aber da war nichts. Kein ehemaliger Kollege, der eine Tochter dieses Namens hatte, keine Facebook-Freundin, die so hieß, und keine Verabredung, die ich getroffen, oder Einladung, die ich ausgesprochen haben konnte. Nichts.

»Keine Kapierung, nein?«, fragte sie. »Überhaupt gar keine?« Sie nahm ihren Rucksack von der Schulter, schüttelte ihre Haare und verschränkte die Arme vor der Brust, als bereite sie sich darauf vor, mir erst einmal den Kopf zurechtsetzen zu müssen.

»Nein«, sagte ich, »helfen Sie mir.«

»Ich bin deine Nichte.«

Ob sie mich schonen oder die Wirkung dieser Aussage in Ruhe genießen wollte, war nicht klar, sie sah mich forschend und vielleicht auch mitleidig an, während ich versuchte, von jedem einzelnen dieser vier Worte die Schale abzuziehen, um einen darunter versteckten Sinn freizulegen.

»Aber Nina hatte doch keine …«

»Tochter. Doch hatte sie.«

»Und Nina ist …«

»Tot. Das weiß ich.«

Ich ging wortlos die paar Schritte zum Tisch unter der Pinie, zog einen der weißen Metallstühle darunter hervor, setzte mich und starrte auf die Zypressen, die das Haus des Engländers umrahmten. Sie kam hinter mir her, nahm sich ebenfalls einen Stuhl, setzte sich und schwieg. Sie ließ mir Zeit.

Irgendwann sagte sie: »Du hast also meinen Brief nicht bekommen, nein?« Und eine Weile später, weil ich schwieg und noch immer auf die Bäume starrte: »Und den vom Anwalt wohl auch nicht.«

»Ich habe Briefe«, sagte ich irgendwann und hörte selbst, wie absurd das klang – wie ein kleines Kind, das versucht, nicht dumm dazustehen. »Ich mache sie nicht auf seit …« Ich wollte es nicht aussprechen und starrte weiter auf die Bäume.

»Seit sie tot ist?« Das fragte sie leise und vorsichtig, so als fürchte sie, mich auf etwas zu stoßen, das ich noch nicht verkraftete.

Und so ähnlich war es wohl auch.

»Ja«, sagte ich.

Sie streckte ihren Arm aus und berührte mich an der Schulter, ließ ihre Hand dort liegen, und ich spürte sie nicht, spürte sie doch, wollte sie aber nicht spüren, wollte nicht, dass diese Frau sich einmischte, auf mich herabsah, sich anmaßte, mich zu trösten oder zu bemitleiden. Sie nahm ihre Hand wieder weg, bevor ich sie brüsk abschütteln oder mit einer Seitwärtsbewegung meiner Schulter einfach von mir fallen lassen konnte.

»Ich habe Durst«, sagte sie, »darf ich mir ein Glas Wasser holen?«

»Perrier im Kühlschrank.«

»Oha«, sagte sie, stand auf und ging ins Haus.

Du trinkst ordentlichen Wein, hatte Nina immer gesagt, ich trinke ordentliches Wasser. Das ist eine Frage der Selbstachtung. Ich hatte die monatliche Bestellung beim

Getränkelieferanten Dubois et Frère beibehalten, nur die Menge reduziert. Jetzt reichten zwölf Flaschen.

Malin kam heraus, eine grüne Flasche unterm Arm und zwei Gläser in der Hand. »Vielleicht willst du auch was«, sagte sie und stellte ein Glas für mich auf den Tisch.

Sie schien sich ohne Anstrengung mit meiner Unhöflichkeit abgefunden zu haben, vielleicht war sie darauf vorbereitet gewesen. Sie sah mich fragend an und schenkte mir ein, nachdem ich ein knappes Nicken zustande gebracht hatte.

»Entschuldige bitte«, sagte ich, »ich brauch noch ein bisschen, um zu begreifen, was hier … was sich da jetzt …«

»Ja«, sagte sie, »klar. Tut mir leid, dass es so ein Überfall geworden ist. Ich dachte, der Notar hätte dich auf mich vorbereitet. Und mein Brief.« Sie gähnte. »Ein Glück, dass du nicht verreist bist«, sagte sie dann, »ich hätte mit dem Gepäck in die Stadt zurückmarschieren müssen.«

Während sie trank, konnte ich sie für einen Moment anschauen. Die lange Nase hatte sie mit Nina gemein. Und die dunkelblauen Augen. Die Haarfarbe eher nicht, falls die überhaupt echt war. Ninas Blond war in den letzten Jahren fast unmerklich in Grau übergegangen. Wieso hatte sie nichts von einem Kind erzählt? Das passte nicht zu ihr. Nina war die Art Mensch gewesen, die alles ausspricht, egal, ob es peinlich, beschämend oder verletzend war. Ihre gedankenlose Ehrlichkeit hatte so manchen Menschen irritiert. Dass sie ein solches Geheimnis über all die Jahre bewahrt haben konnte, schien mir einfach unvorstellbar. Allerdings hatte sie auch ihren Krebs für sich behalten.

Wie auch immer, diese junge Frau würde nicht hier

sitzen und trinken, als käme sie direkt aus der Wüste, wenn das Ganze ein Missverständnis wäre. Ein Betrug vielleicht?

»Kennst du Nina? Ich meine, kanntest du sie?«, fragte ich, als sie das Glas absetzte und bemerken musste, dass ich sie zum ersten Mal, seit sie hier war, ansah. Und zum ersten Mal, seit sie hier war, hatte ich auch einen ganzen Satz gesprochen, fiel mir auf, und ich nahm die Flasche, um ihr noch einmal nachzuschenken. Sie griff nach dem Glas, führte es aber nicht zum Mund, sondern hielt es in halber Höhe vor sich, als überlege sie noch, in welcher Reihenfolge ihre nächsten Tätigkeiten stattfinden sollten. Reden und Trinken oder Trinken und Reden.

Dann entschied sie sich, das Glas abzustellen, stand auf und ging zu ihrem Rucksack, der neben der Tür an den Koffer gelehnt war. Sie hockte sich davor, zog den Reißverschluss auf und nahm ein Bündel Papier in einer Klarsichthülle heraus. »Hier«, sagte sie, als sie wieder zum Tisch gekommen war und sich setzte, und sie legte das Bündel, einen Brief in Ninas Handschrift, vor mich hin. Ich schob es weg.

»Das schaff ich noch nicht«, sagte ich, »erzähl mir lieber.«

»Du hast sie gerngehabt«, sagte Malin leise und nahm den Brief wieder an sich. Sie legte ihn so auf den Tisch, dass die beschriebene Seite unten war. Dafür sah man jetzt in der Hülle ein kleineres, ebenso durchsichtiges Plastikbeutelchen. Es enthielt eine Locke von Ninas Haar.

Malin bemerkte meinen Blick und sagte: »Zum DNA-Abgleich.« Dann nahm sie den Brief wieder an sich und brachte ihn zurück zum Rucksack.

Vermutlich hatten wir beide das Gefühl, jetzt sei nicht der Moment für Erklärungen, denn wir starrten vor uns hin und schwiegen und ließen unsere Hände dort liegen, wo sie eben lagen, ich auf meinen Knien und Malin um das Glas und an der Stuhlkante. Die Sonne kam über den Berg.

»Gibt es ein Hotel in der Nähe?«, fragte sie, »und könntest du mir vielleicht ein Taxi rufen? Ich muss mich irgendwo hinlegen, ich hab im Nachtzug keine Sekunde geschlafen.«

Einen kurzen Moment war ich erleichtert und dachte, gut so, der Spuk ist vorbei, aber dann hörte ich mich sagen: »Wieso Hotel, du wohnst doch hier?«

»Ich meine nur, weil mein Besuch so ein Überfall geworden ist, lasse ich es vielleicht lieber langsamer angehen.«

»Langsam geht es von selber«, sagte ich, »bis ich verstanden habe, was gerade passiert, brauche ich noch eine Weile.«

»Ich will dir nicht lästig sein.«

»Es ist dein Haus. Du bist Ninas Tochter. Und es ist mein Fehler, wenn ich die Briefe nicht aufmache. Komm.«

Ich war froh, nicht mehr einfach nur dazusitzen und meine Überrumpelung und Verlegenheit auszustellen, stand auf, winkte sie hinter mir her, griff an der Eingangstür ihren Koffer, während sie ihren Rucksack aufnahm und mir in die riesige Küche folgte, die vor hundert Jahren vielleicht als Remise oder großzügige Eingangshalle gebaut worden war.

»Die ist gemeinsam«, sagte ich, deutete mit der freien Hand vage in den Raum und ging weiter zur hinteren Tür, »du hast keine eigene Küche drüben, Nina wollte keine, weil wir hier immer zusammen gekocht haben. Das heißt, ich hab gekocht, und sie hat sich derweil über mich lustig gemacht.«

Das hintere Haus war unverschlossen. Wir betraten den großen, hellen Raum, und ich trug den Koffer zum eisernen Art-déco-Bett, stellte ihn ab und ging zum Schrank, aus dem ich frische Bettwäsche nahm, denn die alte würde muffig riechen nach fast vier Monaten, die sie unbenutzt hier gelegen hatte. Aurélie hatte in der letzten Zeit immer nur gelüftet und alle paar Wochen Staub gesaugt.

Malin sah sich um, drehte sich um die eigene Achse und nahm den Raum in sich auf. Die drei bodentiefen und deckenhohen Fenster, den dunkelroten Terrakottaboden, drei große, quadratische Bilder eines Malers aus Nîmes, der Bonnard verehrte, Schränke von Otto Wagner, Tisch und Stühle von Josef Hoffmann – sie schien zu erkennen, dass es sich um Kostbarkeiten handelte, und sagte, mehr an sich selbst als an mich gerichtet: »Das ist ja unglaublich schön.«

»Ja«, sagte ich und ließ die inzwischen abgezogenen Bett- und Kissenbezüge zu Boden fallen, zog das Leintuch von der Matratze und breitete das frische, leicht nach Lavendel duftende aus. Sie trat zu mir und half beim Feststecken des Leintuchs, dann beim Beziehen der Decke und beider Kissen. Ich bückte mich, nahm die alte Bettwäsche auf und sagte: »Schlaf gut. Willkommen.«

»Nur eine Stunde oder zwei«, sagte sie, »Danke.«

Nachdem ich den Kühlschrank und die kleine Speisekammer inspiziert und festgestellt hatte, dass genug da war für ein Essen, ging ich die Briefe auf der Kommode durch, ohne einen davon zu öffnen. Aber ich sortierte sie so, dass der Brief des Notars und der von M. Schneider aus Hamburg ganz oben lagen. Dann setzte ich meine weiße Mütze auf und machte auf dem Vorplatz dort weiter, wo ich aufgehört hatte, fegte den Rest und rupfte danach Löwenzahn und anderes Grünzeug zwischen den Pflastersteinen heraus, bis die Sonne senkrecht stand und ich mich in die Küche zurückzog, wo ich Ordnung machte wie seit Monaten nicht mehr.

Seit Ninas Tod hatte ich zwar das benutzte Geschirr in die Spülmaschine geräumt und Krümel und Flecken oder Spritzer von Tisch, Herd und Arbeitsplatte gewischt, aber leere Flaschen, Verpackungen, ausgespülte Dosen oder Marmeladengläser hatten immer auf Aurélie gewartet, nach deren Besuch die Küche für ein paar Stunden wieder so aussah wie zu Ninas Zeiten.

Aurélie kam immer montags, und ich nutzte die Zeit, in der sie alles im Haus auf den Kopf stellte, um zum Supermarkt zu fahren. Der Kühlschrank war riesig und der Kofferraum des kleinen BMW groß genug für den Einkauf einer ganzen Woche, sodass ich nur einmal täglich am späten Vormittag zum Bäcker fuhr und im Café du Commerce am Cours Voltaire eine Grenadine trank.

Diese tägliche Routine hatte ich in der letzten Zeit immer öfter unterbrochen und mich mit altem Brot zufriedengegeben, das ich anfeuchtete und im Herd aufbuk, aber mich dann jedes Mal schuldig gefühlt, denn die Tour zum Bäcker war früher Ninas Sache gewesen, und ich hatte sie einfach weitergeführt, als wäre das ein Vermächtnis oder nachgetragener Liebesdienst.

Männer verwahrlosen, wenn sie alleine sind. Irgendwann lassen sie das Duschen ausfallen, weil ja sowieso niemand kommt, der sie riechen könnte, dann bleibt die halbvolle Weinflasche nachts draußen stehen, dann das benutzte Geschirr auf dem Tisch, dann geht es auch mal ohne frisches Baguette, und schließlich kommt das Essen nur noch aus Tüten oder Dosen.

So weit war ich noch nicht, aber ich begriff, dass ich auf dem Weg dorthin gewesen war, als ich jetzt auf einmal die Küche wieder in Ordnung brachte, weil nebenan eine junge Frau schlief, die dunkelblau gekleidet, schwarz gelockt und vielleicht einen Meter achtzig groß war.

Was ich fühlte, wusste ich nicht. Ob ich Malin mochte, ob ich sie überhaupt mögen musste, ob sie in ein paar Tagen wieder weiterziehen würde, ob sie ein paar Wochen bleiben wollte, ob sie von mir etwas erfahren wollte über ihre Mutter, die sie ja offenbar nicht gekannt hatte, ob sie sich als unangenehmer Mensch entpuppen würde oder mich dafür halten? Eines spürte ich aber doch, eine Art Nebel oder Staubschleier war verschwunden. Ein Mensch war im Haus nebenan. Das änderte das Klima.

Weil ich mittlerweile selbst müde geworden war, schrieb ich ihr einen Zettel: *Bin oben im ersten Zimmer links. Weck mich auf, wenn du was brauchst*, den ich gut sichtbar auf den jetzt wieder glänzenden und leeren Küchentisch legte.

~

Kurz kämpfte ich, als ich aufwachte, gegen den Impuls an, einfach liegen zu bleiben, den Rest des Nachmittags zu verschlafen, den Abend und die Nacht gleich mit, und am nächsten Morgen konnte sie schon wieder weg sein. Das Leben, an das ich mich gerade erst einigermaßen gewöhnt hatte, würde so weitergehen. Das Alleinsein, dem ich zwar noch keine guten Seiten abgewinnen konnte, aber das ich immerhin inzwischen kennengelernt und mit dem ich mich abgefunden hatte, war ohnehin die Lebensform, die mir jetzt für den Rest meiner Jahre blühte, Besuch war nicht vorgesehen und Verwandtschaft schon gar nicht.

Ich stand auf, ließ die Jeans liegen und zog mir eine Leinenhose an, steckte Schlüssel und Geldbeutel ein und ging nach unten, um zu sehen, ob mein Gast sich zurechtfand oder Hilfe brauchte.

Sie stand in der Küche und schraubte gerade das Espressokännchen zusammen, das heißt, sie versuchte es, aber man musste mehrere Anläufe nehmen, bis die Gewinde endlich sauber ineinandergriffen. Es gelang ihr schließlich, und sie sagte über die Schulter, weil sie mich gehört hatte: »Willst du auch einen?«

»Ja. Gern.«

»Perfekt. Ich hab vorsorglich die doppelte Portion reingetan.«

Die Gasflamme hatte sie schon entfacht und so weit heruntergedreht, dass nur ein kleiner blauer Kranz zu sehen war. Sie stellte das Kännchen drauf und sagte: »In so einem Saal hab ich noch nie geschlafen. War deine Schwester Architektin?«

»Nein. Sie hat alles Mögliche gemacht, Flohmarkt, Schmuck, Galeristin, Sekretärin bei einem Filmstar, Antiquitätenhandel, Presse für ein Londoner Museum und als Letztes wieder in Paris eine Galerie.«

»Welcher Filmstar?«

»Hugh Grant.«

»Aber ist das ihr Werk? Der ganze Ausbau und die Einrichtung?«

»Ja. Ihr damaliger Mann hatte nichts zu sagen.«

»Das Bad ist ja genauso schön. Ich hab mich richtig beherrscht, nicht gleich in die Badewanne zu klettern und die Aussicht auf die Zeder zu genießen.«

»Du erkennst eine Zeder? Bist du Botanikerin oder so was?«

»Nein. Bankerin. Aber Zedern haben mir immer gefallen.«

Der Kaffee war jetzt vollständig in den oberen Teil des Kännchens aufgestiegen, das Zwergengurgeln hatte aufgehört, und Malin nahm das Kännchen vom Herd. Ich stellte zwei Tassen auf die Theke und goss Milch in den Aufschäumer. »Willst du auch?«

»Nein. Schwarz. Dann tut es richtig weh.«

Ich tauschte die große Tasse, die ich für sie bereitgestellt hatte, gegen eine kleinere aus, und sie schenkte ein.

»Bankerin also«, sagte ich.

»Eingespart. Also streng genommen Ex-Bankerin. Ende des Monats sitze ich sozusagen auf der Straße. Bis dahin bin ich krank.«

»Krank? Was hast du?«

»Nichts. Nur keine Lust mehr, den Scheißladen von innen zu sehen.«

Sie verzog das Gesicht beim ersten Schluck. Der Kaffee war wohl eine Droge für sie. Auf den Geschmack kam es ihr nicht an, nur auf die Wirkung. Das passte zu einer Bankerin, fand ich.

»So schön das Bad ist«, sagte sie jetzt mit Blick in ihre fast leere Kaffeetasse, »das Klo ist schräg. So was hab ich noch nie gesehen. Weißt du, was deine Schwester sich dabei gedacht hat?«

»Weil es auf einem Sockel steht?«

»Ja. Das ist schräg.«

»Ich fand es auch skurril, aber ich habe sie nie danach gefragt. Die Erklärung, die ich mir irgendwann selbst zurechtgelegt habe, ist reine Küchenpsychologie.«

»Und wie geht die?«

»Unser Vater hat sie vergöttert und manchmal solche Dinge gesagt wie: War meine Prinzessin heute Morgen schon auf dem Thron? Da war sie vier und noch ziemlich klein, also war das Klo hoch für sie. Vielleicht hat sie sich ein Denkmal bauen lassen für die Zeit, als sie noch eine Prinzessin war und einen Vater hatte, der sie auf Händen trug.«

»Schräg.«

»Du kannst das Klo hier benutzen. Das ist normal.«

Sie lachte: »Themawechsel. Entschuldige, dass ich davon angefangen habe. Klos sind eigentlich kein Gesprächsstoff, oder?«

»Na ja. Wenn drei Stufen hinaufführen und man einen Ausblick auf die Landschaft hat, vielleicht doch.«

»Sie hat nicht mal einen Vorhang im Bad.«

»Da ist nie jemand. Ein paar Schafe, die Vögel, manchmal eine Katze, und im Haus ist es immer dunkler als draußen. Wenn du kein Licht machst, sieht dich keiner.«

»Also nachts nicht duschen.«

»Nachts ist da auch nur ein Fuchs oder Marder oder eine Eule unterwegs.«

»Vielleicht war sie eine Exhibitionistin?«

»Wenn man Fuchs und Marder als Publikum akzeptiert, ja.«

Sie lachte.

Sie lehnte an der Küchentheke, die inzwischen leer getrunkene Tasse noch immer in der Hand, während ich mich an den Tisch gesetzt hatte und den Milchschaum mit dem Löffel untermischte.

»Und du?«, fragte sie. »Was machst du? Ich hab einen Blick in die Bibliothek nebenan geworfen und daraus geschlossen, dass du Professor sein könntest oder Wissenschaftler. Vielleicht auch Journalist oder Schriftsteller. Auf jeden Fall ein Intellektueller.«

»Hast du mal die Titel der Bücher angesehen?«

»Nein, nur einen Blick durch die Tür geworfen, wieso?«

»Da steht nichts besonders Intellektuelles. Nina und ich waren Leser, das heißt, ich bin es noch. Das sind alles Romane, Erzählungen, Biografien, ein paar Gedichtbände, aus denen wir uns manchmal im Winter vorgelesen haben. Rilke und Kästner und Brecht und so was.«

»Kein Professor also, was dann?«

»Rentner. Ich war Eisenbahner über vierzig Jahre lang. Lehre mit siebzehn, Frühpension mit neunundfünfzig.«

»Frühpension? Bist du krank?«

»Nein. Es war wie bei dir. Ich wollte weg und habe mir einen Burn-out attestieren lassen.«

»Bist du glücklich hier?«

»Ich bin ein Mann.«

Das genügte ihr nicht als Antwort. Sie legte den Kopf schräg, sah mich an und wartete, dass ich meiner für sie kryptischen Aussage etwas Verständlicheres hinzufügen würde. Ich versuchte es:

»Männer fragen sich nicht, ob sie glücklich sind, und wenn jemand anderes fragt, wissen sie nichts damit anzufangen.«

»Ich fürchte, mit der Antwort fange ich jetzt nicht allzu viel an. Eigentlich ist es auch keine Antwort, sondern die Aussage, dass du keine Antwort hast oder geben willst. Ist das ein Test? Oder trete ich dir zu nahe?«

»Nein. Entschuldige. Ich mache es manchmal gern komplizierter als notwendig. Außer dass Nina nicht mehr da ist, tut mir nichts weh. Ich spiele jeden Samstagabend Skat via Internet mit ein paar alten Kollegen, bestelle mir

Bücher, die mir einer von diesen Kollegen paketweise schickt, mir ist selten langweilig, und wenn, dann stört es mich nicht. Ich muss mich nur an die letzten Jahre meines Berufslebens erinnern, dann weiß ich wieder, wie gut es mir geht.«

Natürlich trat sie mir zu nahe. Die Frage, ob ich glücklich sei, gestattete ich nicht einmal mir selbst. Den letzten geliebten Menschen zu verlieren, in einem leeren Leben zurückgelassen zu sein und nichts weiter als eine schweigende Bibliothek als Trost zu haben – das war kein Glück. Aber das ging sie nichts an. Diese Frau war mein Gast, nicht meine Therapeutin.

Bis zu diesem Moment hatte sie die Tasse in der Hand gehalten, jetzt fiel sie ihr wieder ein, und sie stellte sie zurück. Ich hatte sie während meiner Erklärung nicht angesehen, aber jetzt warf ich einen Blick zu ihr hin und sah ein leichtes Lächeln auf ihrem Gesicht. Vielleicht amüsiert, vielleicht freundlich, vielleicht auch nur abwesend, weil sie an etwas anderes dachte. Oder sie wusste, dass ich sie angelogen hatte. Sie stützte sich mit beiden Händen an der Theke ab, als wolle sie sich entweder hochschwingen und draufsetzen oder davon abstoßen.

»Du bist vielleicht ein bisschen kompliziert, aber irgendwie auch ein bisschen weise«, sagte sie, noch immer lächelnd, »du wirst mein Guru.«

»Gut. Erste Lektion: Erinnere dich an die letzten Wochen, und mach dir klar, wie gut es dir jetzt geht.«

»Ja«, sagte sie und stieß sich von der Theke ab. »Und zwar mach ich das in der superschönen frei stehenden Badewanne.«

»Mit einem Glas Wein oder einem Aperitif oder so was?«

»Nein. Zu früh. Danke.«

Auf dem Weg zur hinteren Tür blieb sie kurz stehen, wandte sich halb zu mir um, schien dann aber die Frage, die sie hatte stellen wollen, zu verwerfen und sagte nur: »Danke, dass du so freundlich zu mir bist.« Dann ging sie die letzten beiden Schritte zur Tür, drückte die Klinke herunter, öffnete und verschwand wie eine Erscheinung im grellen Licht des Nachmittags, das sich als breiter Streifen auf dem Terrakottaboden mit dem behutsamen Schließen der Tür gleich wieder verschlankte, bis die normale Küchendämmerung zurückgekehrt war.

Zum Kochen war es noch zu früh, zum Unkrautrupfen zu heiß, also setzte ich mich in die Bibliothek und versuchte, in dem Buch, das ich vor drei Tagen angefangen hatte, weiterzulesen. Aber ich konnte mich nicht konzentrieren. Wieso wunderte sie sich über meine Freundlichkeit? Sie wirkte doch wie jemand, dem die Herzen zufliegen mussten. Gutes Aussehen, ein offenes, direktes Wesen, solchen Menschen steht doch die Welt offen, dachte ich, sie musste Freundlichkeit gewohnt sein, für Normalität halten, ich verstand es nicht. Oder hatte sie speziell bei mir mit Abwehr gerechnet, weil sie mir so nah auf den Leib rückte?

Hatte Nina ihr das ganze Anwesen vererbt, und sie plante nun, alles zu verkaufen? Nein, das war unmöglich. Mein Teil war vor vier Jahren beim Notar in Aix auf mich überschrieben worden, den konnte Nina nicht vererbt haben. Und sie hätte das niemals getan.

Nina war fünf und ich neun, als unsere Mutter bei einem Autounfall starb, den ein frisch aus Vietnam eingeflogener, mit Heroin vollgepumpter amerikanischer Soldat verursacht hatte. Er war mit einem Armeelaster durch die Stadt gerast, verfolgt von Militärpolizei, die ihn stoppen wollte, hatte sich in einer Kurve vertan und eine ganze Reihe parkender Autos vor sich hergeschoben. Zwischen zweien dieser Autos hatte unsere Mutter gestanden und uns ausgeschimpft, weil wir auf der anderen Straßenseite miteinander stritten.

Wir warteten vor einem Spielzeugladen, ich hatte Ninas Teddybär Lancelot, ohne den sie damals keinen Schritt machte, an mich gerissen und ließ ihn fasziniert ins Schaufenster starren, wo ein anderer Bär saß, ein rabenschwarzer mit einer Kapitänsmütze. Ich behauptete, Lancelot sei verliebt, er sei ein Homo, er wolle unbedingt in den Laden und mit dem Kapitänsbär schmusen. Nina hatte zuerst gelacht, aber als es ihr zu viel wurde, hörte ich nicht auf, ließ Lancelot die Schaufensterscheibe küssen, winken und zappeln und Anstalten machen, die Ladentür aufzuziehen.

Nina schrie: »Hör auf« und: »Gib ihn her« und griff nach ihm, aber ich entzog ihn ihr immer wieder und machte weiter mit meiner Alberei.

Unsere Mutter, die gegenüber in der Änderungsschneiderei war, öffnete die Ladentür und rief, wir sollten uns benehmen, ich solle meine Schwester in Ruhe lassen, worauf Nina sich unterstützt sah und auf mich einschlug, damit ich ihr endlich den Bär zurückgeben würde, aber ich entzog ihn weiterhin ihrem ungeschickten Griff, sodass sich unsere Mutter entschloss, die Straße zu überqueren und, wenn es sein musste, mit einer Ohrfeige nachzuhelfen.

Als das Brüllen des Lastwagenmotors in mein Bewusstsein drang, trat sie gerade zwischen einem Renault Dauphine und einem Ford Taunus auf die Straße.

Unser Vater gab seine Stelle als Lokführer auf und wechselte in den Innendienst, weil er so keine Wechselschichten mehr fahren musste. Er stellte morgens das Frühstück auf den Küchentisch, kochte jeden Abend ein Essen und las uns hinterher aus den *Sagen des klassischen Altertums* vor. Ich brachte Nina in den Kindergarten und holte sie nachmittags wieder ab. Das tat ich zwar mit wenig Begeisterung, aber ich war in dieser Zeit wie gelähmt, und mein Vater hatte gesagt, ich verlasse mich auf dich. Wir Männer halten jetzt zusammen.

Das kleine Mädchen am Hals zu haben kostete mich bald meine Freunde, mit ihr auf dem Gepäckträger war ich zu langsam, und die anderen radelten mir gnadenlos davon, der Treffpunkt am Flussufer unter einer Trauerweide war zu gefährlich für Nina, und die anderen weigerten sich, einen alternativen ins Auge zu fassen. Ihnen war mein Anhängsel lästig und ich deshalb nicht mehr zu gebrauchen.

Schließlich verbrachten wir unsere Nachmittage in dem kleinen Garten, der in der Eisenbahnersiedlung zu jedem der Reihenhäuser gehörte, und Nina spielte mit ihren drei Puppen. Lancelot war verschwunden. Wohin, wusste ich nicht, aber mir war klar, weshalb. Er trug die Schuld am Tod unserer Mutter. Nina zog die Puppen an, zog sie aus, schimpfte mit ihnen und tröstete sie dann, wenn sie weinten, während ich die Informationen auf meinem Autoquartett auswendig lernte oder Schulaufgaben machte.

Irgendwann merkte ich, dass ich stolz darauf war, unseren Vater nicht zu enttäuschen. Als Nina lernte, Mühle und Dame und Mau-Mau mit mir zu spielen, und ich ihr aus *Jim Knopf* und den anderen Büchern aus der Bücherei vorlas, vermisste ich meine Freunde nicht mehr allzu sehr. Für Autoquartett war sie nicht zu gewinnen, weil sie die Autos nicht voneinander unterscheiden konnte.

Als unsere Mutter noch gelebt hatte, war mir meine kleine Schwester nicht groß aufgefallen. Ich hatte sie ignoriert und war allenfalls manchmal eifersüchtig gewesen, weil mein Vater sich so oft mit ihr abgab. Jetzt, da ich für sie verantwortlich war, fand ich sie eigentlich ganz nett. Sie machte es mir nicht schwer, war anschmiegsam, hörte auf mich, manchmal schien es sogar, als bewundere sie mich, und was braucht ein Junge mehr. Vielleicht noch Konkurrenz und Herausforderungen, aber für ein kleines Mädchen da zu sein war eine Herausforderung, und Konkurrenz gab es genug in der Schule.

Natürlich hätte ich sie gern auch manchmal auf den Mond geschossen, wenn sie quengelte und partout irgendetwas wollte, das ich ihr nicht bieten konnte, oder sie wenigstens allein gelassen, um etwas Spannenderes als Mau-Mau zu unternehmen, aber ich fürchtete den Zorn meines Vaters ebenso sehr, wie ich mich in seiner Anerkennung sonnte. Das war neu. Früher hatte unser Vater nur Augen für Nina gehabt, und jetzt behandelte er mich wie einen Partner.

Ich vermisste meine Mutter, aber ihr Bild verblasste allmählich. Nur abends, wenn ich im Bett lag, konnte ich die Wärme ihrer Hand an meinem Hals fühlen, als säße sie noch neben mir, um Gute Nacht zu sagen, und würde mich in der nächsten Sekunde auf die Stirn küssen. Ich hielt sie fest. Tagsüber war sie verschwunden, aber vor dem Einschlafen besuchte sie mich. Und in meinen Träumen legte sie sich neben mich ins Bett, wischte mir die Tränen ab und sagte: Schlaf weiter. Ich bin da.

Wir waren eine Familie zu dritt, richteten uns ein in unserem nach und nach immer besser organisierten Haushalt, ohne groß auf wohlmeinende, aber zudringliche Nachbarinnen angewiesen zu sein, die in den ersten Wochen nach dem Tod unserer Mutter das Haus übernommen hatten und von unserem Vater nach und nach mühsam, aber höflich wieder zu ihren eigenen Familien zurückkomplimentiert wurden.

Dieses eine Jahr zu dritt erschien mir im Rückblick manchmal als das schönste meiner Kindheit. Die Sehnsucht nach meiner Mutter war irgendwann zu einer Art süßem Schmerz geworden, einem Schmerz, auf den ich mich freute, wenn ich mir abends die Zähne putzte, einem tröstlichen Schmerz. Auch wenn ich wusste, dass das Gefühl auf meinem Hals schwächer werden musste, so wie ihr Bild schon blass und ihre Stimme leise geworden waren. An ihren Geruch konnte ich mich nach einem halben Jahr nur noch deshalb erinnern, weil ich ihr Parfum aus dem Bad genommen und in meine Nachttischschublade gelegt hatte. Manchmal nahm ich es heraus und roch daran.

Nur wenige Wochen nach Ninas Einschulung stand unser Vater eines Nachts in meinem Zimmer und sagte: »Andreas, ich weiß, du bist noch ein Kind und solltest dich eigentlich außer um Spaß und Blödsinn und Schule um nichts kümmern, aber ich muss dir was sagen, was mir furchtbar schwerfällt, aber nicht zu umgehen ist. Ich habe eine Krankheit, eine widerliche Krankheit und lebe vermutlich nur noch ein paar Wochen. Vielleicht auch zwei Monate oder drei, aber es wird kein Leben mehr sein. Ich werde am Tropf mit Schmerzmitteln im Krankenhaus liegen und nichts mehr wahrnehmen. Deshalb rede ich jetzt mit dir. Bitte pass auf unsere Prinzessin auf. So gut du kannst. Ich versuche, euch zu einer Pflegefamilie zu vermitteln, bevor ich nicht mehr in der Lage dazu bin. Ich hoffe, ihr habt es gut dort und ich …« Weiter kam er nicht, weil er mit einem Stöhnen versuchte, seine Tränen zurückzuhalten, sich auf meinen Bettrand setzte und seine Hand auf meine Brust legte. Ich war starr und sah mich selbst und ihn von oben. Ich spürte nichts, außer der Hand meines Vaters auf mir und so etwas wie ein Frieren in meinem Innern, das sich nicht bis nach außen auf die Haut ausbreitete.

Ich wusste in diesem Moment, dass die Stelle auf meiner Brust zusammen mit der Stelle an meinem Hals kostbar war. Ich würde aufpassen müssen, dass diese beiden Stellen ihre Empfindlichkeit behielten. Und ich wusste, sie würden, wie bei Achilles, meine zukünftige Unverwundbarkeit gefährden.

Es dauerte keine drei Wochen, bis er ins Krankenhaus musste, und nur noch zwei weitere, bis er gestorben war. Ich hatte ihn noch einmal besuchen dürfen, dann war es von irgendwem, den Ärzten oder meinen neuen Pflegeeltern, verboten worden, und das Nächste, was ich mitbekam, war die Beerdigung, bei der ich Hand in Hand mit Nina am Grab stand, die den Eindruck machte, als verstünde sie überhaupt nicht, was vorging. Ich sollte das erste Schäufelchen Erde hinabwerfen. Ich weigerte mich. Die Pflegemutter tat es für mich.

Es hatte sich keine Familie gefunden, die uns beide aufnehmen wollte, aber wenigstens war Nina in derselben Stadt, und wir durften einander besuchen. Ich half ihr bei den Hausaufgaben, holte sie, wenn ich konnte, von der Schule ab, las ihr aus *Hanni und Nanni* oder anderen Enid-Blyton-Büchern vor, bis sie mir aus *Ivanhoe* oder *Lederstrumpf* vorlesen konnte und wir uns abwechselten, und ich diskutierte mit ihrer Pflegemutter, wenn Nina sich über irgendeine Ungerechtigkeit beklagte.

Wir sprachen fast ein Jahr lang nicht über unseren Vater, taten, was man von uns erwartete, wie zwei kleine, blasse Maschinchen, fielen unseren Pflegefamilien nicht zur Last und wurden deshalb gut behandelt. Nina las ein Buch nach dem anderen und klinkte sich so stundenlang aus der Welt, in der nichts mehr wirklich stimmte, aus.

Vermutlich war es kindisch, den Brief des Notars zu ignorieren, aber jetzt war zu dem Widerwillen, den ich bisher dagegen empfunden hatte, auch noch Enttäuschung gekommen. Vielleicht ist Enttäuschung ein zu großes Wort dafür, aber eine Art inneres Kopfschütteln über Ninas Versteckspiel ließ mich nicht mehr los, seit ich wusste, dass sie mir eine Tochter verheimlicht hatte.

Bis vor wenigen Stunden hätte ich geschworen, dass Nina und ich einander alles anvertraut hatten, obwohl ich dafür das Verheimlichen ihrer Krankheit schon ausklammern musste, und jetzt stand ich auf einmal wie ein Belogener da, dem sie entweder nicht so weit getraut oder den sie nicht für würdig befunden hatte.

Ich hörte das Schließen der hinteren Tür und dann Malins Stimme, die halblaut, vielleicht um mich, falls ich schliefe, nicht zu wecken, rief: »Andreas? Bist du hier unten?«

»Hier«, sagte ich, »nebenan bei den Büchern.«

Sie stand im Türrahmen, nicht in Ninas Bademantel, wie ich es insgeheim erwartet hatte, sondern in Jeans und einer schwarzen, bis über die Hüften herabhängenden Bluse. Sie hatte eine Flasche Wein in der einen Hand und in der anderen einen Stapel mit fünf Tafeln Schokolade. Sie streckte die Arme aus und hielt mir beides entgegen.

»Ich wusste nicht, was du lieber magst«, sagte sie, »deshalb hab ich Alternativgeschenke mitgebracht.«

»Je nach Tageszeit«, sagte ich und spürte, dass ich lächelte, »ich nehm dann beides.«

»Die Schokolade ist noch mal gesplittet. Hoffentlich ist eine Sorte dabei, die du wirklich magst. Nuss, Milch, Marzipan, weiß und bitter.«

Sie kam her zu mir, stellte den Wein auf das kleine Tischchen am Sessel und legte den Schokoladenstapel daneben.

»Die weiße könnten wir für Halloween zurücklegen, falls du sie nicht allein essen willst, die anderen sind perfekt. Danke.« Ich nahm den Wein in die Hand und sah mir das Etikett an. Ein Pomerol von Zweitausendacht. »Der ist kostbar, oder? Den könnten wir auch verkaufen, falls wir mal klamm sind.«

Sie lachte: »Nichts da. Den trinken wir. Es ist kein Petrus, nur ein Conseillante.«

»Aber nicht heute Abend. Er darf noch ausruhen von der Reise.«

»Kann ich mich vielleicht nützlich machen? Was einkaufen gehen, was kochen?«

»Ich hab alles da, falls du mit Gemüse und Kartoffeln zufrieden bist. Und Salat natürlich. Und ich koche. Du bist der Gast heute, du musst nicht nützlich sein.«

»Schön«, sagte sie und zog ein Buch halb aus dem Regal, um seinen Umschlag zu betrachten, »kann ich dir dann wenigstens assistieren? Ich bin eine brauchbare Hilfsköchin.«

»Hast du denn Hunger?«

»Ehrlich gesagt, ja.« Sie schob das Buch zurück. »Darf ich das bei Gelegenheit lesen? Kehlmann gefällt mir, und das kenne ich noch nicht.«

»Natürlich. Alles.«

Meine Angewohnheit, beim Kochen alles bereitzulegen, was ich brauchen würde, schien sie nicht zu amüsieren, oder sie ließ es sich, falls doch, nicht anmerken. Nina hatte manchmal versucht, etwas dazwischenzumogeln, das mich verwirren und aus dem Konzept bringen sollte, Curry zum Beispiel, wenn ich Spaghetti machte, oder Sojasoße zu einem Gericht wie diesem, das nur provençalische oder italienische Kräuter verträgt.

Malin war tatsächlich eine gute Hilfsköchin. Sie zog nicht nur mit einem Blick den richtigen Schluss daraus, dass ich Kartoffeln auf den Tisch legte, sondern nahm das Schälmesser vom Haken und schälte drauflos. Sie beobachtete aufmerksam, was ich tat, so als wolle sie sich das Rezept einprägen. Einmal reichte sie mir sogar die Küchenzange, als es Zeit war, die angerösteten Zucchinischeiben umzudrehen, ohne dass ich sie darum gebeten hätte – ihr reichten mein prüfender Blick in die Pfanne und der Duft, der daraus aufstieg.

Nina hatte in solchen Momenten an der Kommode gelehnt zugesehen und entweder die Arme verschränkt oder mit ihrem Gesichtsausdruck signalisiert, dass sie mein zuweilen hektisches Hin und Her witzig fand.

»Kochst du gern?«, fragte ich, als ich die Plastiktüten mit dem Salat aus dem Kühlschrank nahm.

»Nur wenn jemand hinterher laut schmatzt und jubelt. Nicht für mich allein.«

»Geht mir genauso. Also schmatz und jubel nachher, sonst leben wir fürderhin von Butterbrot.«

»Fürderhin«, sagte sie, »sehr gewählt.«

»Ich hab ein Herz für aussterbende Wörter.«

»Es gibt eine Facebook-Gruppe, wo man sie sammelt.«

»Weiß ich. Da bin ich drin.«

»Ich auch.«

Wir sahen einander nur an, lächelnd, schweigend, jeder sich beherrschend, um nicht den Kopf zu schütteln angesichts dieses übertrieben passenden Zufalls. Erst das Klappern des Topfdeckels brachte uns wieder davon ab, und Malin nahm die Gabel und hielt sie mir hin, damit ich die Kartoffeln prüfen konnte.

»Ich hab die Hekatomben beigesteuert«, sagte sie.

»Und ich das Flattieren.«

~

Als ich das Gemüse anbriet und die Soße dazugoss, hatte sie draußen den Tisch gedeckt, Salat, Wasser und eine Flasche Wein hinausgestellt, die Kartoffeln abgeschüttet, und als ich die Schüsseln brachte, öffnete sie den Wein und sagte: »Das ist das Paradies.«

Sie hatte recht. Das schmucke Haus mit seinem Efeu an den Wänden, den blauen Fensterläden und hellroten Geranien, der breite Schirm der Pinie über uns, die Korkeichen und Büsche, die den Vorplatz zur Straße hin begrenzten, die Zypressen am Weg zur Domaine und die sanfte Wölbung der Hügellandschaft bis zum Horizont boten einen friedlichen und bukolischen Anblick. Es war ein Privileg, hier zu leben. Mit Malins Augen sah ich auf einmal wieder die Schönheit dieses Ortes, mit meinen eigenen hatte ich nur noch Leere erblickt.

Später, nachdem sie ihren Teller leer gegessen und mit einer zweiten Portion neu gefüllt, ein bisschen von Hamburg und von ihrer Arbeit erzählt hatte, sagte sie: »Das Essen ist einfach toll. Ich heirate dich.«

»Ist das nicht verboten?«

»Schon, aber kein Schwein weiß, dass wir verwandt sind. Kein Standesamt, niemand.«

»Ich bin ein Spießer, ich trau mich so was nicht.«

»Feigling.« Sie stand auf, beugte sich zu mir, küsste mich auf die Wange und sagte: »Gestern um diese Zeit dachte ich, alles ist vorbei, und ich versinke nur noch im Selbstmitleid, und jetzt wird mir klar, was für ein Glück ich habe.«

Mir fiel nichts Besseres ein, als mein Glas zu erheben, nachdem sie sich wieder gesetzt hatte, mit ihr anzustoßen und meine Verlegenheit mit unbewegter Miene zu überspielen.

Es machte Freude, ihr beim Essen zuzusehen, sie langte zu wie ein Kind nach dem Fußballspielen. Mit dem Wein schien sie vorsichtiger umzugehen, auch das gefiel mir, denn betrunkene Menschen hatte ich im Laufe meines Berufslebens genügend vor mir gehabt, um an deren mangelnder Selbstkontrolle noch irgendetwas charmant zu finden.

Während sie für einen Moment nach drinnen verschwand, um eine neue Flasche Wasser aus dem Kühlschrank zu holen, dachte ich darüber nach, dass sie trotz der blauen Augen und markanten Nase noch immer eine Betrügerin sein konnte. Eine Krankenschwester oder Ärztin, die sich vielleicht Ninas Vertrauen erschlichen hatte und sich jetzt in ein gemachtes Nest setzen wollte.

Ich brauchte allerdings nur Ninas Brief an Malin zu lesen und vielleicht einen Blick in ihren Ausweis werfen, um Klarheit hierüber zu gewinnen – insofern waren diese Gedanken überflüssig.

Und als hätte sie sie gelesen, setzte sich Malin an den Tisch und sagte, ohne mich dabei anzusehen: »Sie wusste schon seit meiner Schulzeit, wo ich lebe und wie ich heiße, und hat sich trotzdem nie bei mir gemeldet. Du kannst dir vorstellen, dass ich auf deine Schwester nicht wirklich gut zu sprechen bin.«

»Hat sie dir in ihrem Brief erklärt, warum?«

»Ja. Sie schreibt, ich war ein glückliches Kind mit liebenden Eltern, denen sie zwar gern persönlich die Hälse umgedreht hätte, aber dass es mir gut ging, sei ihr wichtiger gewesen.«

»Die Hälse umdrehen? Wieso das?«

»Weil sie mich offenbar gestohlen haben. Die waren eine Hippiekommune in Amerika, hatten sich Tipis gebaut im Wald an einem kleinen See in Oregon, meine Geburt war dort unter der Anleitung einer alten Indianerin halbwegs gut gegangen, nur dass deine Schwester dann hinterher gleich eine schwere Krankheit bekam, vielleicht eine Sepsis oder irgendeinen Virus, lange Zeit in einer Art Koma verbrachte und sich nur an die Indianerin erinnerte, von der sie gepflegt wurde. Irgendwann ist sie dann aufgewacht und fand sich zurückgelassen mit drei zugedröhnten Italienern und einer verstörten Amerikanerin.

Die zeigten ihr dann ein Grab und sagten, ich sei kurz nach der Geburt gestorben, Ricky und Jo, die sich um mich gekümmert hatten, seien daran zerbrochen und hätten deshalb die Kommune verlassen, um irgendwo anders neu anzufangen.«

Sie schwieg. Ich störte sie nicht, denn sie schien in sich hineinzuhorchen, als ob dort noch etwas Fehlendes hervorzuholen sei, nach dem sie suchte und das sie noch nicht aufgespürt hatte.

»Sie wusste zwei Jahre lang nicht, dass ich lebe«, fügte Malin schließlich hinzu, und es klang so, als argumentiere sie vor einem Richter zugunsten ihrer Mutter. »Erst als sie einen aus der Gruppe später wiedersah, erzählte der ihr, dass sie belogen worden war und dass Ricky und Jo mit dem Baby das Weite gesucht hatten.«

»Und sie hat nach dir gesucht.«

»Ja.«

»Und mir kein Sterbenswörtchen davon erzählt.«

»Hattet ihr denn Kontakt in der Zeit?«

»Sie hat bei mir gewohnt. Ich fuhr damals noch die großen Trans-Europa-Nacht-Strecken und hatte immer nur hier und da ein paar Tage frei. Ich kann immer noch nicht fassen, dass sie nie von dir erzählt hat.«

»Sie hat sich vor dir geschämt.«

»Du meinst, weil sie sich ein Baby hat stehlen lassen?«

»Ja.«

»Aber sie war krank. Für ein Koma kann sie doch nichts.«

»Jetzt denkst du männlich. Wie ein Jurist. Aber so denkt eine Mutter nicht. Das glaube ich jedenfalls. Wenn dir ein Kind anvertraut ist, und es gleitet aus deinen Händen, dann bist du schuldig, egal, ob du es halten konntest oder nicht.«

Wir schwiegen wieder eine Weile, hörten etwas rascheln unter den Büschen am Straßenrand, sahen aber nichts, was sich dort bewegt hätte – vielleicht ein Igel, ein Fuchs oder Vogel.

»Jetzt, wo ich das von dir weiß«, sagte ich schließlich,

ohne sie dabei anzusehen, »kommt es mir so vor, als wäre da manchmal so eine Art schwarzes Loch bei ihr aufgetaucht – sie verschwand für Minuten nach innen, nach irgendwo, war dann nicht ansprechbar, reagierte nicht, egal, was ich sagte oder tat. Ich habe mich wohl daran gewöhnt und dem keine Bedeutung beigemessen, aber jetzt kann ich mir vorstellen, sie dachte an dich.«

Malin senkte den Kopf, sodass ich ihre Augen nicht sehen konnte. Vielleicht wollte sie nicht mit einer Reaktion erwischt werden, die sie sich nicht zugestand. Oder ihrer Mutter.

Sie schlang die Arme um sich, und ich stand auf und holte aus der Bibliothek eine Decke, die über der Lehne eines der beiden Sessel lag. Ich legte sie um ihre Schultern, und sie zog die Nase hoch, als habe sie eben geweint. Ich sprach sie nicht darauf an.

»Ich könnte vermutlich dein Alter erraten«, sagte ich nach einer Weile. »Nina wurde mit einem Schlag bürgerlich. Sie suchte Arbeit, hörte auf, alle paar Monate weiterzuziehen. Das muss der Punkt gewesen sein, an dem sie erfuhr, dass du lebst. Und mit der Suche begann.«

»Sie schreibt, sie habe ein Münchner Detektivbüro engagiert, die haben sicher telefonisch alle Einwohnermeldeämter abgegrast. Dass Ricky in Wirklichkeit Richard Schneider hieß, wusste sie von einem gemeinsamen Grenzübertritt – da hatte sie in seinen Pass gesehen –, und dass Jo in Wirklichkeit Johanna heißen musste, hat sie wohl einfach angenommen. Das ging viele Jahre, und sie hatte irgendwann Glück, wir sind erst Mitte der Achtziger nach Deutschland gekommen. Wären wir in Kanada geblieben, dann hätte sie aufs Internet warten müssen, um mich zu finden. Mein Vater war bei UPS und ist sechsundachtzig nach Deutschland geschickt worden, um das Drehkreuz Köln-Bonn mit aufzubauen.«

»Dann bist du Kanadierin?«

»Auch. Beides.«

»Wissen deine Eltern, dass du von Nina weißt?«

»Nein.«

»Wirst du es ihnen sagen?«

»Es macht mir Angst.«

»Nimmst du es ihnen übel?«

»Ja.«

Wieder raschelte irgendetwas Unsichtbares im Gebüsch, und ich spürte, wie kühl es geworden war, unterdrückte aber den Impuls, mir eine Jacke aus dem Haus zu holen, weil Malin wieder so in sich hineinzuhorchen schien.

»Es ist eine Gemeinheit«, sagte sie schließlich leise, »einer Frau ihr Kind zu stehlen. Ich komme nicht klar damit, dass sie das getan haben.«

»Hast du es gut gehabt bei ihnen?«

»Ich will ihnen nicht in die Augen sehen.«

~

Während ich noch nach meiner Wolljacke suchte, die ich schließlich unten im Kleiderschrank fand, wo sie im Frühjahr irgendwann nach dem Waschen gelandet war, hatte Malin das Geschirr vom Tisch in die Spülmaschine geschafft. Nur die Flaschen und Gläser standen noch draußen, als ich mich wieder zu ihr setzte.

»Die Kaminzeit fängt an, soll ich Feuer machen?«

»Für mich nicht, ich muss bald ins Bett. Mir steckt der Nachtzug noch in den Knochen.«

Und sicher noch manches mehr, dachte ich, als ich sie

so dasitzen sah, mit hängenden Schultern, die Decke wieder um sich geschlagen und den Blick gesenkt. Sie sah mutlos und erschöpft aus.

Wie aus dem Nichts stand auf einmal die Katze neben Malin, rieb sich vorsichtig an ihrem Bein und gab ein helles Miauen von sich.

»Wo kommst du denn her?«, sagte Malin und streckte vorsichtig ihre Hand aus, um das Tier zu streicheln, falls es nichts dagegen haben sollte. Hatte es nicht. Es bog sich förmlich in die Hand hinein und begann sofort zu schnurren.

Ich stand auf und ging in die Küche, um aus dem Vorratsschrank das Trockenfutter zu nehmen, das dort seit Ninas Verschwinden unberührt gestanden hatte. Ich füllte ein Schälchen mit Wasser, und auf einen kleinen Teller ließ ich eine Handvoll Futter rieseln, dann brachte ich beides hinaus und stellte es vor die Katze hin, die sich noch immer in das Streicheln schmiegte und dabei von einem Bein aufs andere trat. Sie fraß begierig.

»Dass ich dich noch mal wiedersehe, hätte ich nicht gedacht«, sagte ich zur Katze, und zu Malin: »Sie heißt Minou. Alle Katzen in Frankreich heißen Minou.«

»Gehört sie zu dir?«

»Das dachte ich, ja, aber als Nina weg war, war auch die Katze weg. Ich habe ihr noch tagelang Futter und Wasser hingestellt, aber sie blieb weg. Ich dachte, ihr sei was passiert, hab mich drauf eingestellt, sie nie wiederzusehen. Untreues Luder.«

»Quatsch. Sie ist treu. Nur eben nicht dir, sondern deiner Schwester.«

»Und jetzt umgarnt sie ihre Tochter.«

Wir sahen der Katze beim Essen zu. Sie war abgemagert, als hätte sie in den letzten Monaten ausschließlich von der Jagd gelebt, aber ihr Fell war gepflegt und glänzte, ihre Augen waren klar, also ging es ihr gut.

»Ich habe die ganze Gegend abgesucht nach ihr, habe gerufen und mit der Futterschachtel geklappert. Vielleicht saß sie irgendwo seelenruhig in der Nähe und hat mich ausgelacht.«

»Oder sie hat getrauert.«

Ich stand auf, kniete mich hin und beugte mich nach vorn, stützte mich auf die Ellbogen und bot der Katze meine Stirn an. Sie stupste ihr Gesicht daran und leckte mir über die linke Augenbraue. »Du hättest mit mir zusammen trauern können, du Dumme«, sagte ich, und sie biss mich vorsichtig, sodass ihre Zähne vor dem Eindringen in meine Haut stoppten, in die Nase. »Schön, dass du wieder da bist«, sagte ich und stand ächzend wieder auf.

»Die ist nicht untreu«, sagte Malin, »die musste nur eine Weile allein sein.«

Die Katze ging jetzt, nachdem sie ausgiebig getrunken hatte, nach drinnen, und ich wusste, sie würde einen der beiden Sessel in der Bibliothek als Schlafplatz nehmen.

»Letzter Schluck«, sagte Malin und erhob ihr Glas, um mit mir anzustoßen, »dann kann ich hoffentlich endlich schlafen.« Sie erhob sich, ohne ihr leeres Glas abzustellen.

»Schlaf gut«, sagte ich.

Von drinnen hörte ich sie noch sagen: »Danke für das gute Essen«, dann stand auch ich auf und trug mein Glas und die leere Flasche in die Küche. Ich nahm den Teller mit Trockenfutter und das Schälchen mit Wasser und stellte es ebenfalls nach drinnen, an den Ort, den Minou gewohnt war, zwischen Kühlschrank und Heizkörper.

Ich füllte noch Wasser nach und verteilte das Trockenfutter so, dass die leere Stelle in der Mitte bedeckt war.

Minou hatte sich auf Ninas Sessel eingekringelt und ließ sich nicht anmerken, ob sie meine Vorwürfe wahrnahm. Ich erklärte ihr, ich hätte mir Sorgen gemacht, sie vermisst, hätte auch Trost brauchen können und allerlei mehr, von dem ich wusste, sie würde sich nicht darum scheren.

Für mich allein wollte ich kein Feuer mehr machen, also legte ich die Decke um mich und nahm das angefangene Buch zur Hand, schlug es aber nicht auf, sondern starrte vor mich hin. Die Katze im Sessel, die Frau im Haus nebenan – auf einmal war hier wieder Leben. Ich nahm mir vor, das auszukosten. Wer wusste, wie lang es so bliebe. Malin konnte jederzeit wieder abreisen, und auf die Katze war kein Verlass.

Ich hätte Malin eigentlich eine Wärmflasche mitgeben können. Nina hatte immer eine im Bett oder im Arm gehabt in dieser Jahreszeit, und sie war immer die Erste gewesen, die vorschlug, ein Feuer im Kamin zu machen.

Seit ich hier lebte, war es winters nie besonders kalt geworden. Selten Minusgrade, ein einziges Mal Schnee, und der war nur zwei Tage liegen geblieben.

Malin hat zwei Mütter verloren, dachte ich, die lebende, der sie nicht mehr in die Augen sehen will, und die andere, der sie nie mehr in die Augen sehen kann. Die hat nie Gestalt angenommen, war nicht mal ein Phantom, existierte nicht, bis sie als Brief und Vermächtnis in Malins Leben explodierte. Und im selben Moment verschwunden war.

Und ihre Arbeit hat sie auch verloren. Ein Glück, dass sie diese Gartenwelt hier als Paradies betrachtet. Vielleicht gelingt es ihr hier, die Wunden zu lecken, sie ausheilen zu lassen, das Loch in ihrem Leben nicht als Fallgrube zu sehen, sondern als Durchgang zu etwas anderem.

»Schlaf gut«, sagte ich zur Katze und stand auf, machte alle Lichter aus, schloss die Vordertür ab und ging ins Bett.

Im Zwischenreich zwischen Wachen und Schlaf dachte ich noch, es ist Zeit für die großen Vogelschwärme. Das erste Kaminfeuer und die Vögel auf ihrem Weg nach Afrika waren in den letzten Jahren immer gemeinsam aufgetreten. Und der Geruch von getrocknetem Lavendel. Nina hatte im Herbst kleine Sträuße in den Ecken der Räume verteilt.

Irgendwann wachte ich halb auf, weil ich das Klimpern von Minous Zwischenmahlzeit hörte. Vielleicht nahm ich auch noch den Pinienduft von draußen durch das trotz der Kühle geöffnete Fenster wahr. Jetzt im Herbst roch der Baum anders, schärfer, belebender, als müsse er der Farbenpracht der benachbarten Korkeichen und Weinstöcke ein eigenes Signal entgegensetzen.

Später wachte ich richtig auf, als ich das Geräusch der Kühlschranktür und kurz darauf das leise Klirren der Wasserflasche hörte. Ich hätte daran denken sollen, Malin eine mitzugeben, damit sie nicht in der Dunkelheit zwischen den Häusern hin- und hertappen musste. Die Kühlschranktür fiel mit einem dumpfen Plop zu, und ich wollte mich umdrehen und wieder einschlafen, aber dann hörte ich etwas, das wie ein Schluchzen klang, und setzte mich auf, hörte es wieder und stieg aus dem Bett, schlüpfte in die Hose, in die Schuhe, damit mich Malin auf der Treppe hören würde, und ging nach unten.

Sie trug einen von Ninas Pyjamas mit breiten Streifen in dunkelblau und grau, und sie stand mit dem Rücken zu mir, die Flasche in der Hand, als hätte sie sie vergessen, den Kopf gesenkt, mit hängenden Schultern, sie wandte den Kopf und sah mich an – ich war mittlerweile auf der untersten Treppenstufe angelangt und fragte, was los sei.

»Ich kann nicht schlafen«, sagte sie und wischte sich mit der linken Hand ein paar Tränen vom Gesicht, die Flasche noch immer in der rechten haltend, »schon die vierte Nacht. Hast du vielleicht eine passende Pille, oder könntest du mich k. o. schlagen?«

So wie sie dastand, wagte ich nicht, die paar Schritte zu ihr hinzugehen und sie einfach in den Arm zu nehmen, alles an ihrer Haltung schien zu sagen, rühr mich nicht an, ich kann das alleine. Ich kannte diese Haltung nur zu gut, Nina war in ihren unglücklichen Momenten ebenso hilflos arrogant vor mir gestanden und hätte gekratzt oder gebissen, zumindest verbal, wenn ich ihr zu nah gekommen wäre.

»Ich weiß was Besseres«, sagte ich nach einem kurzen Moment, »warte.« Ich ging nach oben in mein Schlafzimmer, nahm den dicken, bunten Morgenmantel, den mir Nina vor Jahren geschenkt hatte, aus dem Schrank, griff nach meiner Jacke, die über der Stuhllehne hing, und ging wieder nach unten in die Küche.

46

Aus der Bibliothek holte ich die Decke, sah mit einem Blick, dass Malin Turnschuhe trug, die nicht zugebunden waren, und nahm den Autoschlüssel vom Küchentisch.

»Hier, zieh den mal an«, sagte ich und hielt Malin den Morgenmantel hin. Sie schlüpfte hinein und versuchte, meinem Blick auszuweichen. Ich öffnete die Tür und ging voraus zum Auto, schloss es mit der Fernbedienung auf, und das komplizenhafte Aufleuchten der Blinklichter gab mir ein vages Gefühl von Souveränität. Ich öffnete die Beifahrertür, Malin stieg ein, und nachdem ich ihre Tür geschlossen hatte, um den Wagen herumgegangen und ebenfalls eingestiegen war, legte ich die zusammengefaltete Decke auf ihren Schoß und startete. Das Bellen des Hundes ging im Motorengeräusch unter. Malin ließ sich all das schweigend gefallen, schnallte sich an und sah dem Lichtkegel des Wagens zu, wie er bei jeder Bodenwelle, über die wir fuhren, ein größeres oder kleineres Stück Straße aus der Dunkelheit holte.

Als ich auf den Chemin des Lauris eingebogen war, schnürte ein Fuchs über die Straße, seine Augen blinkten in metallischem Blau auf, als er den Blick für einen Moment in unsere Richtung wandte. Ich ging vom Gas, denn der Fuchs beeilte sich nicht. In der Nacht gehörte ihm die Straße.

Es war kurz nach zwei Uhr, und in keinem der dicht gedrängten Häuser brannte Licht, als ich schließlich die Stadt erreicht hatte und nach rechts in die Avenue Gambetta einbog. Die war etwas breiter als die Rue Victor Hugo, ich würde dort eher einen Parkplatz finden. Tatsächlich konnte ich den Wagen direkt vor dem Restaurant mit dem wortspielerischen Namen Les Dix Vins abstellen. Ich war die letzten paar Hundert Meter im dritten

Gang gerollt, um die schlafenden Bewohner mit so wenig wie möglich Motorlärm zu stören.

Auch die Türen schlossen wir leise, nachdem ich noch Ninas Kissen vom Rücksitz genommen hatte, das dort lag, seit ihre »Rückenbeschwerden« aufgetaucht waren.

Die kleine Place du Quattorzieme Juillet lag direkt auf der anderen Straßenseite. »Komm«, sagte ich, nahm Malins Hand, die sie mir, noch immer schweigend, überließ, und überquerte die schmale Straße, führte sie zum Brunnen in der Mitte des Platzes, wo unter der größten Platane eine Bank stand.

Ich setzte mich ans Ende der Bank, legte mir das Kissen auf den Schoß, knöpfte meine Jacke zu und sagte: »Leg dich hin, nimm die Decke, schließ die Augen, und hör dem Brunnen zu.«

Sie tat es, winkelte ihre Beine so weit an, dass ihre Knie zwar über die Bank hinausragten, aber ihr Kopf auf meinem Oberschenkel lag und ihre Schuhsohlen an die Seitenlehne der Bank stießen.

Das stetige Plätschern aus den Mündern der vier Bronzefische in der Mitte des Brunnens hatte die erhoffte Wirkung auf Malin, und noch bevor ich mir des vielleicht verfänglichen Anblicks, den wir einem eventuellen Beobachter bieten mochten, bewusst werden konnte, war sie eingeschlafen.

Ich hatte mich, so bequem es ging, hingesetzt, legte nach einiger Zeit meinen Kopf in die linke Hand, die ich mit dem Ellbogen auf der Seitenlehne abgestützt hatte, und folgte Malin in den Schlaf.

Ich wachte immer wieder auf, weil mir entweder der Kopf aus der Hand rutschte, der Rücken wehtat oder die Beine eingeschlafen waren, aber jedes Mal schlief sie so tief und fest, dass ich nur vorsichtig meine Haltung korrigierte.

2

Als sie schließlich aufwachte, weil eines der geparkten Autos aus seiner engen Lücke rangierte und wegfuhr, war es kurz vor sechs. Der Fahrer sah misstrauisch zu uns herüber, vielleicht überlegte er, die Polizei zu rufen, allerdings war die Wache unten in der Neustadt so früh noch nicht besetzt, und aus Pertuis, der nächstgrößeren Stadt, würde sich kein Beamter nur wegen zweier Landstreicher auf den Weg machen.

Malin hatte sich aufgesetzt und sah sich um, als zweifle sie an ihrer Wahrnehmung. Ich war so durchgefroren, dass ich mir sofort die Oberarme rieb. Ich hörte die Stadtreinigung, das zischende Brummen ihres Kehrwagens vom Marktplatz her und bewegte meine surrenden eingeschlafenen Beine, damit ich nicht beim Aufstehen einfach zusammensacken würde.

»Hab ich wirklich geschlafen?«, sagte Malin, eher zu sich selbst als zu mir, und als sie sah, dass ich fror, legte sie ihre Decke um mich und rieb meinen Rücken.

»Ein paar Stunden immerhin«, sagte ich, »den Rest

holst du jetzt im Bett zu Hause nach.« Ich gab mir Mühe, nicht mit den Zähnen zu klappern.

Jetzt kam ein weiterer Anwohner zu seinem Auto, und wir standen auf, um uns nicht etwa erklären zu müssen. Im Café des Amis ging Licht an, und jemand schloss die Tür zur Terrasse auf.

»Du bist ein Zauberer«, sagte sie, als wir in den Wagen stiegen.

»Alles nur Tricks«, sagte ich und startete den Wagen. Ich wendete auf der Straße und fuhr den Weg zurück, den wir gekommen waren. Außerhalb der Stadt lag Bodennebel zwischen den Olivenbäumen und Weinstöcken.

~

»Schlaf weiter«, sagte ich, »und melde dich einfach, wenn du Frühstück willst.« Ich schloss den Wagen ab und registrierte dessen Augenzwinkern, während Malin mich mit einer anmutigen Bewegung auf die Schulter küsste und dann nach drinnen durch die Küche ins hintere Haus ging. Die Schnürsenkel ihrer Turnschuhe schleiften noch immer über den Boden. Der Hund bellte. Der Engländer musste taub sein.

Das Schälchen mit Futter war leer und Minou nirgends zu sehen, als ich, noch immer durchgefroren, die Treppe zu meinem Schlafzimmer hochstieg, wo ich nur die Schuhe auszog, um mich in voller Bekleidung ins Bett zu legen. Zum Glück war ich selbst so müde, dass ich nicht mehr mitbekam, wie lange es dauerte, bis ich endlich wieder warm wurde – ich schlief vorher ein.

~

Ob ich zuerst den Duft von Kaffee wahrnahm oder das Klirren von Besteck, hätte ich nicht sagen können, als ich auf die Armbanduhr schaute und sah, dass es kurz vor neun war, dann registrierte, dass ich in den Kleidern geschlafen hatte, die Decke zurückschlug und aufstand.

»Guten Morgen«, sagte Malin, als ich die Treppe herunterkam, »willst du vielleicht ein Frühstücksei?« Sie hatte den Tisch gedeckt, und auf dem blau-gelben Keramikteller lagen vier Croissants und zwei Brioches.

»Du bist zum Bäcker gefahren?«

»Nein«, sagte sie, »nicht gefahren. Gegangen. Ei?«

»Ja, gern. Aber du kannst immer das Auto nehmen. Der Schlüssel hängt hier.« Ich deutete auf die drei Haken neben der Tür, an denen die Schlüssel für das hintere und vordere Haus und den Wagen hingen.

»Hast du noch geschlafen?«

»Ja«, sagte sie, »eine Stunde oder so. Dann hat mich der innere Wecker rausgeschmissen, und ich wollte was Nützliches tun.«

Sie erzählte, sie sei auf dem Weg wieder am Schlafbrunnen vorbeigekommen, habe jetzt erst die vier Fische aus Bronze entdeckt, in der Nacht sei sie zu müde und durcheinander gewesen, um irgendwas zu erkennen. Das sei ein wunderschöner Ort, fand sie, so träume man sich Südfrankreich, wenn man sich danach sehne.

»Warst du schon oft hier?«, fragte ich, und sie schüttelte den Kopf: »Nein, an der Côte d'Azur ein paarmal und einmal in Arles, aber nie so weit im Inneren. Das ist eine neue Welt für mich. Eine schöne.«

»Soll ich dir nachher die Umgebung zeigen? In Lourmarin gibt es ein Schloss und das Grab von Camus.«

»Gegend ja. Grab nein.«

»Dann gehen wir vielleicht einfach los, zuerst in die eine Richtung und dann in die andere.«

»Das ist ein sehr guter Plan. Ich hoffe, ich bringe jetzt nichts in deinem Leben durcheinander. Falls du was Besseres zu tun hast, geh ich auch allein los.«

»Ich habe nichts Besseres zu tun«, sagte ich, »ein Rentnerleben bringt man nicht so leicht durcheinander, beziehungsweise wenn doch, dann ist das eine gute Tat.«

Sie sah auf ihre Uhr und nahm die Eier aus dem Topf, schreckte sie ab, steckte sie in die ebenfalls blaugelben Eierbecher, zog ihren Stuhl unterm Tisch hervor und setzte sich. Aber gleich stand sie noch einmal auf und ging zur Tür, um einen Blick in die Bibliothek zu werfen.

»Schläft«, sagte sie und setzte sich wieder.

»Sie hat mir gefehlt«, sagte ich.

~

Wir gingen in Richtung Lourmarin über Wirtschaftswege und kleine Straßen durch die Felder vorbei an abgeernteten Weinstöcken und Bäumen voller reifer Oliven. Ich musste mich selbst immer wieder dazu ermahnen, nicht auf den Boden, sondern in die Landschaft zu schauen – ich war diesen Weg, mit Nina und auch allein, schon so oft gegangen, dass er mir bei jeder Witterung vertraut war. Jetzt aber wollte ich sehen, was Malin sehen würde an diesem strahlenden, wolkenlosen Herbsttag, ich wollte teilen.

»Hast du manchmal Heimweh?«, fragte sie irgendwann, als in einem Weiler ein schwarz-weißer Hund mit wütendem Knurren am Zaun entlanglief und wir die Straßenseite wechselten.

»Nach Deutschland, meinst du? Nein, bis jetzt nicht.«

»Kannst du so gut Französisch, dass du dich hier integriert fühlst?«

»Nein, ich kann Einkaufsfranzösisch und Wegfragfranzösisch, ich verstehe nur hier und da mal ein Wort, wenn ich andere Leute reden höre.«

Sie schwieg.

»Das ist gut so«, sagte ich nach einer Weile.

»Wieso?«

»So kann ich mich an der Freundlichkeit und Höflichkeit hier erfreuen, ohne zufällig auf irgendeine Rückseite der Medaille zu stoßen. Ich nehme keine Zwischentöne und Nebengeräusche wahr, die mich am Charme der Menschen zweifeln lassen könnten, ich höre keine Verachtung, keinen Hass, keine Kriecherei, nicht mal Dummheit oder Arroganz. Ich sehe zwar manchmal etwas davon in den Gesichtern oder Gesten, aber dann sage ich mir, es sind nicht meine Leute, ich habe keine Ansprüche an sie zu stellen.«

»Aber du bist ein Fremder. Macht dich das nicht einsam?«

»Mit Nina war ich nicht einsam, und …«

Sie wartete, bis ich weiterreden würde, sah zur Seite auf ein entferntes Ensemble von Schirmpinien und Zypressen, die um ein kleines Anwesen standen.

»… jetzt gerade mit dir bin ich's auch nicht.«

»Ein richtiger Einsiedler«, sagte sie nach einiger Zeit, »ein Exilant, ein freiwilliger.«

»Schon viel länger. Nicht erst, seit ich hier bin.«

»Bist du ein Misanthrop?«

»Nein. Sie könnten alle nett sein. Ich will nur nicht wissen, was sie denken.«

»Aber in Deutschland hast du all die Zwischentöne gehört. Warst du dort ein Misanthrop? Wolltest du deshalb weg?«

»Manche mag man, manche nicht. Ich glaube, zum Misanthropen fehlt mir die Überheblichkeit. Aber mein Verhältnis zu fremden Menschen hat sich im Lauf der Zeit geändert. Am Anfang meines Berufslebens habe ich wohl die meisten als potenzielle Mitreisende in ein schönes, aufregendes und interessantes Leben angesehen und mir, wenn sie mal gestresst und unfreundlich waren, nichts daraus gemacht. Später hat sich das geändert, und ich gewann den Eindruck, immer mehr von ihnen seien feindselig und streitsüchtig.«

»Lag das an den anderen oder an dir? Wer hat sich verändert?«

»Vielleicht nur ich, das kann schon sein. Ich habe jedenfalls irgendwann verstanden, dass ich fremd bin. Ob in Deutschland oder sonst wo, ich gehöre nicht dazu. Ich war immer woanders, in einer Art innerem Ausland.«

»Und hier stimmt das innere und äußere überein?«

»So etwa.«

»Du wechselst den Ort, und das Problem ist verschwunden?«

»Je nachdem, was man als Problem ansieht. Wenn ich will, dass andere so sind wie ich, dann bin ich selbst das Problem, und mich nehme ich überallhin mit. Wenn ich will, dass es mich nichts mehr angeht, wie sie sind, dann ist das wirkliche Ausland die Lösung.«

Ich wandte nicht den Blick zu ihr, war mir aber sicher, sie würde den Kopf schütteln.

In Lourmarin setzte ich meine Mütze auf und reichte Malin die zweite, die ich für sie eingesteckt hatte. Es gab zwar Schatten zwischen den eng aneinandergebauten mittelalterlichen Häusern, aber nicht viel, denn die Sonne stand mittlerweile fast senkrecht. Malin lächelte und setzte die Mütze auf. Sie war ein bisschen zu klein wegen ihrer Haarpracht, aber sie hielt. »Mir ist egal, wie ich damit aussehe«, sagte sie.

»Gut. Was sonst.«

»Chevalier.«

»Wir finden einen Strohhut für dich. Du musst nicht herumlaufen, als wären Traktoren dein liebstes Spielzeug.«

Sie nahm die Mütze ab. »So schlimm?«

»Quatsch. War ein Witz.«

Sie betrachtete die Mütze skeptisch, setzte sie sich wieder auf den Kopf, aber benutzte das nächste spiegelnde Schaufenster, an dem wir vorbeikamen, um sich darin zu betrachten. Worauf sie die Mütze wieder abnahm und mir zurückgab. »Strohhut«, sagte sie nur. Ich zuckte mit den Schultern, steckte die Mütze in die Jackentasche und steuerte die Straße mit den meisten Läden an.

~

Der Hut, den sie schließlich fand, war nicht aus Stroh, sondern aus hellgrauer Schnur geflochten, aber er hatte ein Band mit Schleife, und sie sah damit aus wie aus einem Bild von Max Liebermann. Nur die Turnschuhe und das zusammen mit dem Hut gekaufte Eis am Stiel passten nicht zu dieser nostalgischen Anmutung.

Von Lourmarin war sie so begeistert, dass ich mich fühlte, als hätte ich es ihr geschenkt, ich bezog ihr Entzücken an immer wieder neuen Anblicken, Fensterläden, Fassaden, Kirche, Schloss und Markt auf mich. Sie bog in jede Gasse ein, bis sie das kleine Dorf vollständig umrundet, mehrfach durchquert und von allen Seiten betrachtet, bewundert und beseufzt hatte.

»Wieso wohnen wir nicht da?«, fragte sie, als wir uns ein letztes Mal umdrehten, nachdem wir in Richtung Osten losgegangen und etwa einen Kilometer vom Ortsrand entfernt waren.

»Tun wir doch fast. Mit dem Auto sind es zehn Minuten, zu Fuß eine halbe Stunde.«

»Allerdings ist der Schlafbrunnen nicht so lauschig.«

»Der mit dem Löwenkopf?«

»Ja. Keine Bank, keine Bäume, und der Platz ist so groß.«

~

Wir waren ein Stück auf der Route de Cucuron gegangen, aber der Autoverkehr staute sich immer wieder hinter Traktoren, deren Anhänger mit grünen und weißen Plastikwannen voller Trauben beladen waren, und es war lästig, neben stehenden oder im Schritttempo rollenden Autos herzuwandern, also bog ich bei der nächsten Gelegenheit nach Süden ab, wir kamen über Feldwege an einem leer stehenden Bus aus Bulgarien vorbei, der Erntehelfern als mobiles Hotel diente, und erreichten einen Wald, den wir ohne Weg durchquerten.

»Entschuldigst du mich mal kurz?«, fragte sie irgendwann. »Ich hätte im Ort gehen sollen.«

Ich nickte, setzte mich auf einen Baumstumpf und sah aus dem Augenwinkel, dass sie sich an den Gürtel fasste, noch während sie zur Seite ins etwas dichtere Unterholz ging, als wollte sie sich auf dem Weg schon ausziehen.

Diesen kleinen Tick kannte ich von Nina – sie hatte das nur zu Hause getan, wenn sie mit mir allein war, nie im Lokal oder in der Gegenwart anderer Leute. Es war ein Zeichen der Vertrautheit.

Hoffentlich spaziert hier jetzt nicht ein Trupp Wildschweine vorbei, dachte ich, weil ich mich an ein Erlebnis erinnerte, das ich nicht unbedingt wieder haben wollte. Eine Mutter von Jungtieren war auf mich losgegangen, als ich mich, um den Weg abzukürzen, allzu sorglos durchs Unterholz geschlagen hatte. Damals war ich gerannt wie seit meiner Schulzeit nicht mehr und hatte mich schließlich auf einen Baum gerettet. Zum Glück ohne Zeugen. Aber ich lachte erst dann über mich selbst, als die Bache mit ihren Frischlingen wieder abgezogen war.

⁓

»Darf ich mich im Garten nützlich machen?«, fragte sie, als das Wäldchen hinter uns lag. »Da gäb's einiges zu tun.«

»Aber ja«, sagte ich, »gern, ich habe keine Ahnung davon.«

»Das sieht man. Deshalb frag ich.«

»Ich helfe dir. Wenn du willst. Niedrige Arbeiten kann ich. Wegtragen, klein schneiden, zusammenrechen, so was.«

»Nur wenn du Lust drauf hast. Mir macht das alles Spaß. Mein Garten zu Hause vermisst mich vermutlich schon.«

»Vermisst du ihn?«

»Den Garten ja. Sonst nichts.«

»Vermisst dich jemand?«

»Der, von dem ich das bis vor einer Woche angenommen hätte, fürchtet wohl eher, dass ich mich melde. Er wird um jeden Tag froh sein, an dem er nichts von mir hört.«

Sie schwieg und sah auf den Boden vor ihren Füßen, nach einer Weile sagte sie noch: »Beziehungsweise von meinem Anwalt.«

»Dein Mann? Bist du verheiratet?«

»Wir wollten heiraten.«

»Und die Kündigung hat das verdorben?«

»In gewisser Weise, ja.«

»In welcher Weise?«

Sie sah mich an, dann wieder auf den Boden, offenbar überlegte sie, ob sie mir das wirklich erzählen wollte, schließlich kannte sie mich gerade mal etwas mehr als vierundzwanzig Stunden, aber vielleicht fiel ihr ein, dass sie schon in meinem Schoß geschlafen hatte, oder auch, dass ich ihr einziger leiblicher Verwandter war. Nein, das war Quatsch, dachte ich, das konnte sie noch nicht wissen, denn sie hatte mich nicht nach meinen Familienverhältnissen gefragt, sie konnte nicht wissen, ob sie noch Großeltern hatte oder Neffen und Nichten.

»Er hat die Kündigung ausgesprochen«, sagte sie schließlich, und nach vier oder fünf Schritten hob sie ihren Blick und sah sich um, als wären an den Giebeln der ersten Häuser von Cadenet, an den Fensterläden oder Gartenzäunen Zettel mit Stichworten angebracht für den Wortschwall, der jetzt aus ihr herausbrach.

Er war ihr Abteilungsleiter gewesen und sollte sich wegen der Schieflage der Bank von insgesamt zehn Mitarbeitern trennen. Er hatte kaum geschlafen, war von Sitzung zu Sitzung gehetzt, hatte sich gequält mit der Liste, die er ihr im Übrigen nie zeigte, hatte sich mit Pillen und Alkohol über die Runden gebracht, schließlich einen Schwächeanfall erlitten, den sie mithilfe eines befreundeten Arztes unter dem Deckel halten konnten, denn die Vorgesetzten sollten ja nicht denken, er sei der Aufgabe nicht gewachsen. Der Arzt hatte den Alkohol verboten und andere Pillen verschrieben. Schließlich hatte Markus, so hieß ihr Mann, mit der fertigen Liste in einer grünen Kladde am Frühstückstisch gesessen und kein Wort gesagt.

Bis dahin hatte sie ihn behandelt wie ein rohes Ei oder vielleicht wie einen Sohn vor dem Abitur, ihm alles zu Hause so leicht und angenehm wie möglich gemacht, ihm gezeigt, dass sie seine Belastung wahrnahm und seine Skrupel verstand, ihn unterstützte und zu ihm hielt.

Gibst du es heute bekannt?, hatte sie ihn gefragt und auf sein Nicken hin gebeten, ihr zu sagen, wen sie in den nächsten Tagen trösten müsse. Er hatte geschluckt und sie derart waidwund und verzweifelt angesehen, dass es ihr wie Schuppen von den Augen gefallen war: Ich stehe drauf, hatte sie gesagt und war nach oben ins Schlafzimmer gegangen, um zu packen. Er wusste nichts von Ninas Brief, damit hatte sie ihn nicht behelligen wollen, also wusste er auch nichts von einem Haus in Südfrankreich, einem Erbe und einem Zusammenbruch all ihrer bisherigen Gewissheiten, was ihre Identität betraf. Er würde als Erstes ihre Eltern anrufen, ohne je zu erfahren, zumindest nicht von ihnen, dass diese Leute überhaupt nicht ihre Eltern waren. Sie würden genauso ratlos sein wie er und nicht wissen, wo anfangen mit der Suche nach Malin.

Noch beim Packen war ihr die Idee gekommen, er

könne sie aus eigennützigen Motiven auf die Liste gesetzt haben. Er hatte Kinder gewollt oder wenigstens eines und sie sich nie dazu entschließen können. Wenn er ihr jetzt die Arbeit, die ihr so wichtig gewesen war, wegnahm, konnte er hoffen, sie denke vielleicht neu darüber nach.

Als sie das Haus verließ, Pass, Geld, Handy und Kreditkarten in der Tasche, hatte sie sich von dieser Lesart wieder verabschiedet, weil sie ja wusste, wie so etwas vor sich geht. Ein Katalog von Kriterien wird abgearbeitet – Umsatz, Dauer der Betriebszugehörigkeit, Alter und so weiter –, man geht nach einem Punktesystem vor wie eine Maschine.

Mit dieser Maschine würde sie nicht weiter zusammenleben, ganz abgesehen davon, dass ein Mann, der abends von der Arbeit erzählen würde, die er ihr weggenommen hatte, undenkbar war.

»Aber er hat gelitten«, sagte ich, als wir vor der Kirche Saint-Étienne standen und den Markthändlern beim Abbauen ihrer Stände zusahen.

»Soll er ruhig weiterhin«, sagte sie.

»Weißt du schon, was du jetzt machen willst?«

»Den Garten in Ordnung bringen«, sagte sie und lächelte mich an.

~

Als wir von der Landstraße in die Allee abbogen, kam uns Filippa entgegen, wie immer zu schnell und wie immer einen Gang niedriger als notwendig, also zu laut – sie winkte und machte ein komplizenhaftes Gesicht, als habe sie mich mit einer Geliebten erwischt, überrascht, bewundernd, zustimmend, es fehlte noch, dass sie die Hand mit erhobenem Daumen durchs Fenster gestreckt hätte. »Ciao raggazzi«, rief sie, und bog mit quietschenden Reifen auf die Landstraße ab.

»Falsches Land, oder?«, sagte Malin, aber sie winkte lächelnd dem Auto hinterher.

»Ich glaube, sie sieht sich als eine Art Botschafterin, die die Fahne ihrer Heimat hier hochhält. Sie kommt aus Grosseto. Ihr Mann hat eine Pizzeria hier.«

»Die kleine am Schlafbrunnen?«

»Nein. Ein Stückchen weiter die Straße runter an der Place Mirabeau.«

»Ich glaube, ich könnte eine Stunde Schlaf vertragen«, sagte sie, als ich die Tür aufschloss, »falls der Hund noch mal wieder aufhört mit Bellen.«

Minou begrüßte uns mit einem Buckel und gymnastischen Übungen und ging dann durch die Katzenklappe nach draußen, als habe sie nur stellvertretend im Haus Wache gehalten und könne sich jetzt ihren eigenen Beschäftigungen widmen.

»Hast du Hunger?«, fragte ich und deutete auf den blau-gelben Teller in der Tischmitte, auf dem noch die Hälfte unseres Frühstücks lag. Eine Brioche und ein Croissant. Sie nahm die Brioche, hielt sie mir fragend hin, ob ich sie vielleicht wolle, ich nickte, aber machte gleichzeitig eine Geste des großzügigen Überlassens, nahm den Croissant und erhob ihn, als wollte ich mit ihrem Brioche anstoßen.

»Ich hätte ein Brot aus der Stadt mitnehmen können.«

»Das reicht«, sagte sie, »ist gut so. Was kochst du uns heut Abend?«

»Worauf du Lust hast. Allerdings hab ich mit Fleisch keine Erfahrung, da müsstest du eventuell nachsichtig sein.«

»Ich esse kein Fleisch. Nur mal Salami auf der Pizza oder Schinken auf dem Brot. Ich passe zu deiner Kochkunst.«

»Also irgendwas mit Nudeln. Kartoffeln hatten wir gestern, und Reis kann ich dann morgen machen.«

»Nudeln machen glücklich«, sagte sie, »das können wir vielleicht beide brauchen« und ging nach nebenan.

Wir waren vier Stunden unterwegs gewesen, und ich, der sich angewöhnt hatte, mittags zu schlafen oder wenigstens zu dösen, legte mich hin, ließ aber die Tür auf, um zu hören, ob Malin mich brauchen würde, falls sie etwas suchte oder wissen wollte. Vermutlich konnte ich mir den Gastgeberreflex schon abgewöhnen, sie schien so selbstständig und unschüchtern zu sein, sie würde nicht großäugig dasitzen und auf mein Placet oder Herrschaftswissen warten.

Eigentlich war sie Nina ziemlich ähnlich. Die Neigung zum Spott schien ihr zu fehlen, oder sie hatte sie noch nicht an den Tag gelegt – vielleicht kam das noch –, aber das Unverkrampfte und Zupackende konnte sie geerbt haben.

Ich hatte sie in keiner Sekunde bisher als übergriffig empfunden, vielleicht besaß sie eine natürliche Höflichkeit, die ihr ermöglichte, fest und sicher aufzutreten, ohne irgendwas zu zertrampeln.

Nina war so gewesen. Als Kind. Immer wenn sie mit mir zusammen war, ein paar Jahre lang fast jeden Nachmittag, weil unsere Pflegeeltern das unterstützten, wirkte sie zugleich gefestigt und vorsichtig. Etwa ein Jahr nach dem Tod unseres Vaters hatten wir uns an das neue Leben gewöhnt, liefen nicht mehr wie kleine Roboter durch die Gegend, sondern unterschieden uns kaum noch von den Mitschülern und Nachbarskindern, außer vielleicht in einem Punkt: Unsere Lehrer und andere Erwachsene fanden uns manchmal zu vernünftig.

Nina machte ihre Hausaufgaben entweder bei mir oder ich meine bei ihr, was dazu führte, dass ich ihr nicht nur helfen konnte, sondern sie auch bald ihren Mitschülern voraus war, da sie sich auch für meine Aufgaben interessierte. Sie wollte immer alles wissen.

Schon die dritte Klasse übersprang sie, was dazu führte, dass sie sich noch enger an mich anschloss, weil sie unter den neuen Klassenkameraden nur langsam neue Freunde fand.

Ich hatte mich daran gewöhnt, als Außenseiter gehänselt zu werden, weil ich mich die meiste Zeit mit meiner kleinen Schwester abgab und außerdem lieber las als Fußball spielte oder Frühbeetfenster in den Gärten einwarf. Das kränkte mich, aber ich hatte von D'Artagnan den Stolz und von Gatsby das Schweigen gelernt und versuchte nicht mehr, mich anzupassen, ließ die anderen einfach ebenso links liegen wie sie mich und gewöhnte mich daran, meiner eigenen Wege zu gehen.

Ich träumte vom Brunnen. Malin lag mit dem Kopf auf meinem Oberschenkel und schlief, ich saß, war wach und lauschte dem stetigen Plätschern aus den Fischmündern, als ein Auto heranfuhr, etwas weiter entfernt anhielt und parkte, worauf ich Schritte hörte und den Kopf wandte. Nina kam die kleine Treppe hoch, eine prall gefüllte Wärmflasche in der Hand, trat vor mich hin, reichte mir das rote Ding und sagte: »Die hast du vergessen. Die braucht ihr.« Dann wandte sie sich um und ging wieder. Ich hörte die Tür des Autos, das Quietschen des Anlassers, das Anspringen des Motors und dann dessen sich entfernendes Brummen.

Von der Wärmflasche ging sofort ein wohliges Gefühl aus, sie war nicht zu heiß, ich drückte sie mir zuerst eine Zeit lang an die Brust und legte sie dann mit der rechten Hand in Malins Rücken. Als ich die Augen schloss, schien das Plätschern des Brunnens lauter zu werden.

Und als ich sie öffnete, lag ich in meinem Zimmer, und das Plätschern kam von draußen. Malin hatte den Gartenschlauch gefunden.

~

Sie trug Ninas Gartendress, eine hässliche militärbraune Cargohose und ein ehemals schönes, aber mittlerweile durch vielleicht hundertfaches Waschen blass und formlos gewordenes Hemd von mir mit hellblauen und hellgrauen Streifen.

Sie musste den Werkzeugschrank, der zwischen den beiden Häusern an meine Wand angebaut ist, entdeckt und durchstöbert haben. Dort war alles, was Nina für den Garten brauchte, einschließlich der passenden Kleidung.

Minou lag in einem Sonnenfleck an der Grenze zum benachbarten Weinfeld, und Malin wässerte großräumig um sie herum. Der Anblick rührte mich an, vielleicht weil ich eben noch im Traum mit Nina gesprochen hatte, genau so hatten sie und Minou das früher gehalten. Erst wenn Minou sich bequemte, einen anderen Platz aufzusuchen, war dieser Teil des Gartens mit Gießen dran gewesen. Als hätte Malin diese Absprache von ihrer unbekannten Mutter übernommen.

»Magst du Knoblauch?«, fragte ich sie, als sie zu mir hersah. »Spaghetti aglio e olio zum Beispiel?«

»Wenn du mich morgen nicht auf den Mund küssen willst«, sagte sie lachend, »sehr sogar. Ich verkneife mir das zu Hause immer wegen der Kunden. Jetzt darf ich endlich.«

»Dann fahr ich noch schnell zum Supermarkt. Salat ist knapp geworden, und Knoblauch fehlt ganz. Brauchst du was? Soll ich dir was mitbringen?«

»Zwei große Weingläser vielleicht. Dann machen wir den Pomerol auf. Der sagt Danke, wenn er Platz im Glas bekommt.«

Ich musste über mich selbst lächeln. Der kleine Stich, den ich verspürte, weil meine Gläser nicht gut genug waren – solche albernen Empfindlichkeiten würde ich gar nicht erst einreißen lassen. Wenn sie etwas ändern wollte, sollte sie. Das war auch ihr Haus, und solange sie hier sein würde, durfte sie mitreden.

Sie sah mich mit einem kleinen Stirnrunzeln an, als habe sie meine Gedanken erraten. Aber das war unmöglich. Ein Lächeln deutet nicht auf beleidigte Gedanken hin.

Ich hatte viel mehr eingesammelt als nur Knoblauch und Salat, schließlich musste ich jetzt für zwei Esser kalkulieren, und Malin schien mir nicht der Mensch zu sein, der vornehm zwei Gabeln hiervon und drei davon nimmt, um dann den Teller von sich zu schieben.

Als ich zurückkam, war sie dabei, in der Ecke des Gartens, die vorläufig trocken geblieben war, Büsche zu schneiden. Einer hatte schon die Hälfte seines Volumens eingebüßt, der zweite war dabei, dasselbe Schicksal zu erleiden.

Sie sah meinen skeptischen Blick und sagte: »Das muss sein. So kommen sie im Frühjahr mit Schwung wieder.«

Sie richtete sich auf, griff sich an den Rücken, und ich wandte den Blick ab, weil mich diese Geste an Nina erinnerte, ich musste wohl lernen, diesen Anblick wieder als so harmlos, wie er normalerweise war, zu sehen.

Ich ging in die Küche, verstaute meine Einkäufe und hörte, wie sie draußen den Rest des Gartens wässerte, den Schlauch einrollte und ihr Werkzeug, Ast- und Gartenschere im Schrank zwischen den Häusern verstaute.

Beim Zusammenraffen der abgeschnittenen Zweige half ich ihr. Der blaue Ikea-Plastiksack würde noch mal so viele vertragen.

»Wenn du morgen damit weitermachst, kann ich das am Sonntagvormittag zur Grünschnittsammelstelle fahren«, sagte ich.

Sie lachte: »Grünschnittsammelstelle klingt nach Deutschland. Ich dachte, wir sind hier woanders.«

»Nicht, was die Spießigkeit und Ordnungslust angeht. Auch in der Vaucluse tanzt man nicht aus der Reihe.«

~

Als ich fünfzehn war und Nina elf, passten wir noch gut zusammen, weil ich als Spätentwickler noch immer alles richtig machen wollte, um von den Erwachsenen gelobt zu werden, und sie zwar frühreif im Denken, aber noch nicht rebellisch war. Sie wollte alles wissen, weil sie noch nicht die Erfahrung gemacht hatte, dass ihr Vorsprung sie unweigerlich einsam machen würde. Und ihr Körper spielte ihr noch keine Streiche, er sandte noch keine Signale, die ihre Kinderwelt in Unordnung brachten.

Ein Jahr später war das schon anders. Ihre langsam weiblich werdenden Formen schienen sie zwar nicht weiter zu interessieren, sie kaschierte sie weder, noch unterstrich sie sie, aber wenn ich sie mit anderen zusammen erlebte, war da eine neue Zurückhaltung und Disziplin in ihrem Benehmen, die so gar nicht passen wollten zu ihrem nach wie vor unverstellten Umgang mit mir. Sie sprach aus, was ihr in den Kopf kam, und vertraute mir, als wäre ich ihr Spiegelbild.

Sie begann sich für meine bescheidene Plattensammlung zu interessieren und griff zielsicher nach den anspruchsvolleren LPs. Hendrix, Genesis, Procol Harum und King Crimson. Die Monkees, Ekseption und Bee Gees ließ sie links liegen.

Sie war es auch, die irgendwann eine Schachtel Lux aus der Brusttasche ihres Jeansjäckchens zog, das sie bei mir deponieren musste, weil ihre Pflegeltern sie nicht damit sehen durften. Wir taten unser Bestes, husteten und grinsten, versuchten, den Rauch zu schlucken, was nur zu mehr Husten führte, bis wir begriffen, dass mit »Schlucken« einatmen gemeint war. Prompt wurde mir schlecht, nachdem ich es dreimal geschafft hatte, und ich musste eine Viertelstunde lang an den Baumstamm gelehnt sitzen bleiben, bis ich es wieder wagte, auf meinen Beinen zu stehen. Von meinen Altersgenossen rauchte schon die Hälfte, aber ich hielt mich von ihnen fern und fand nicht, dass ich es ihnen gleichtun sollte. Mit meiner Schwester war das etwas anderes. So ein Experiment machte man gemeinsam.

Wir saßen unter der Trauerweide am Flussufer, das war, seit meine ehemaligen Freunde eine verlassene Fabrik für sich entdeckt hatten, unser Platz, wenn wir nicht von den Pflegeeltern gestört werden wollten.

»Hast du schon mal geküsst?«, fragte sie, als ich noch dabei war, mich vom Rauchen zu erholen.

»Nicht richtig. Also nicht auf den Mund.«

»Und gewixt?«

»Was weißt denn du davon?«

Sie schwieg und schaute aufs Wasser. Ich wäre am liebsten im Boden versunken, denn natürlich war ich seit mehr als einem Jahr besessen davon und fühlte mich ertappt von ihrer Frage, genau genommen überbrückte ich nur die Intervalle dazwischen mit Hausaufgaben, Essen, Schule und Schwester, aber ebenso natürlich schämte ich mich dafür und war der Ansicht, das wäre das Letzte, was zwischen Nina und mir erörtert werden musste. Vielleicht hätte ich es anders gesehen, wenn sie älter gewesen wäre, dann hätte ich mir von ihr wertvolle Hinweise erhoffen können, aber sie war vier Jahre jünger, und deshalb war es nur peinlich und brachte mich gehörig aus der Fassung.

Ich hatte ihr, seit unsere Eltern tot waren, immer den starken und souveränen großen Bruder vorgespielt, auch wenn ich mich oft nicht so sicher und überheblich fühlte, wie ich tat, und ich überlegte für einen Moment, ob ich sie anlügen sollte, falls das Ignorieren ihrer Frage mich nicht weiterbrachte, aber wir hatten uns kurz nach dem Tod unseres Vaters geschworen, das niemals zu tun.

Und ein Junge, der erst kurz vor seinem sechzehnten Geburtstag die erste Zigarette probiert, hält sich an einen

Schwur. Verheimlichen ist etwas anderes, dachte ich damals und denke ich heute noch, Verheimlichen ist erlaubt, Lügen nicht. Nicht bei Nina.

»Hermann macht das«, sagte sie jetzt.

»Was? Wixen?«

»Ja.«

»Woher weißt du, wie man das nennt?«

»Von Claudia, die ist schon vierzehn und hat zwei Brüder. Die erklärt uns immer alles. Auch die Periode und wie Sex geht.«

»Und woher weißt du das von Hermann?«

»Im Freibad in der Umkleidekabine hab ich durch ein Loch gespickelt. Ich wollte sehen, wie das bei erwachsenen Männern aussieht. Und da hat er es gemacht.«

»Wusstest du, dass das Hermann war, als du durch das Loch geguckt hast?«

»Nein«, sie kicherte, »ich hab nachher gesehen, dass er da rauskam. Sein Kopf war ganz rot. Inge hat gedacht, er hat Sonnenbrand.«

Hermann und Inge waren Ninas Pflegeeltern. Hermann Spediteur und Inge Hausfrau. Sie waren nett. Begeisterte Tänzer, die keinen Vereins-, Feuerwehr- oder Sportlerball versäumten und immer wieder vergeblich versucht hatten, Nina dafür zu begeistern, die aber die Musik nicht ertrug und sich nur für Rockstars und Pferde interessierte. Mir erklärte sie damals lang und breit den Unterschied zwischen Grauschimmel, Apfelschimmel, Falbe und Scheck und ebenso den zwischen Islandpony, Shetlandpony, Haflinger und den richtigen Pferderassen, die sie selbstverständlich alle kannte.

»Also, hast du schon?« Sie ließ nicht locker.

»Das ist mir peinlich«, sagte ich.

»Also ja«, sagte sie und kicherte wieder.

Wir starrten beide aufs Wasser, als erwarteten wir Erleuchtung, Inspiration oder wenigstens sachdienliche Hinweise von dort.

»Ich bin doch deine Schwester. Das ist nicht peinlich.«

»Wenn du das sagst.« Ich boxte sie an die Schulter. Nicht fest, nicht so, als wäre sie ein Junge, aber fest genug, dass sie sich von mir ernst genommen fühlen musste.

Natürlich wurde sie, als die Pubertät dann bald ausbrach wie eine Krankheit, ebenso verschlossen wie ich, war ihr ebenso alles peinlich, was ihren Körper anging, und ich war so rücksichtsvoll, sie nicht nach diesen Dingen auszufragen, denn unser Schwur galt noch immer. Wir würden nicht lügen.

Malin hatte geduscht und sich umgezogen, den mitgebrachten Wein entkorkt und den Tisch draußen gedeckt. Sie hatte sogar eine Kerze mit passendem Halter und Servietten gefunden, deren Gebrauch bei mir aus der Mode gekommen war.

»Das Bad ist eine Wucht«, sagte sie, als ich die Spaghetti abgoss und im Sieb auf einen Teller stellte, »ich hab mich noch nie so frei gefühlt in einem Raum und gleichzeitig beschützt.«

»Ich glaube, das war das Wichtigste für Nina. Sich frei fühlen und beschützt.«

»Darf ich dich um was bitten?«

»Ja. Sicher. Was denn?«

»Erzähl mir nicht von ihr. Ich kann dir nicht genau erklären, warum, aber ich weiß, dass ich das nicht brauchen kann.«

»Tut mir leid. Okay, ich halte mich dran.«

»Das muss dir nicht leidtun. Ich bin die Komplizierte in diesem Fall. Ich weiß, dass du sie vermisst, und das spricht für sie, aber ich weiß, dass da so was wie ein Vorhang ist, den ich nicht aufziehen will. Keine Ahnung, wovor, aber ich fürchte mich.«

Ich ließ den in flache Scheibchen geschnittenen Knoblauch in die Pfanne mit erhitztem Öl rieseln, hielt eine kleine Chilischote hoch und sah Malin fragend an, sie nickte, und ich zerrieb das trockene rote Ding darüber. Sobald die weißen Knoblauchscheiben ihre Farbe ganz leicht in Richtung Elfenbein geändert hatten, stellte ich das Gas unter der Pfanne aus und schüttete die Spaghetti hinein. Ich wendete sie mit Löffel und Gabel, während Malin mir die Schüssel neben die Pfanne schob, damit ich den glänzenden und duftenden Nudelhaufen einfach hineingleiten lassen konnte.

Der Wein schmeckte großartig. Eigentlich war er zu gut, um zusammen mit etwas Scharfem getrunken zu werden, aber wir kümmerten uns nicht darum, weil wir niemandem etwas beweisen mussten.

»Nicht, dass du denkst, ich hätte zu Hause so was alle paar Tage im Glas gehabt«, sagte sie, »dafür bin ich zu geizig.«

»Aber du trinkst ihn nicht zum ersten Mal, oder? Du wusstest, was du da aus dem Regal genommen hast.«

»Ja. Bei unserer Verlobung. In La Baule vor einem Jahr. Diese Flasche hier war eigentlich für die Hochzeit reserviert. Wir haben sie gleich am nächsten Tag gekauft, und ich hab sie bei meiner Flucht aus dem Keller geklaut.«

»Hast du eigentlich deinem Markus einen Abschieds-
brief geschrieben?«

»Brief nicht direkt. Einen Zettel.«

»Verrätst du mir, was draufstand?«

»Verkauf die Wohnung, oder zahl mich aus, meine
Kontonummer hast du.«

»Rabiat.«

»Jetzt sag bitte nicht, dass deine Schwester auch so
war.«

»Ich sag's nicht.«

Wir hatten die ganze Zeit aneinander vorbeigesehen,
sie in Richtung des Weinfeldes und ich in die Büsche
und Bäume, die unseren Garten gegen die Straße ab-
schirmten. Jetzt, da wir den Blick wieder einander zu-
wandten, sahen wir, dass wir beide die Arme vor der
Brust verschränkt hielten. Ich löste meine zuerst und sah
sie lächeln. »Schwieriges Thema«, sagte sie.

»Geburtstag und Weihnachten«, sagte ich, »wir besor-
gen drei Flaschen pro Jahr, und ich mach jedes Mal Ra-
tatouille dazu.«

»Was bist du für ein Sternzeichen?«

»Stier, Ende April, wieso?«

»Dann ist die nächste Flasche in zwei Monaten dran.
Zu Weihnachten. Ich bin Löwe. Mitte August.«

Wir wussten beide, dass dies ein Vertrag war. Sie würde
entweder bis Weihnachten bleiben oder mich zumindest
dann besuchen. Wir stießen miteinander an.

~

Nicht eine Nudel war übrig, als wir den Rest aus der Flasche in unsere Gläser füllten und die letzten Sonnenstrah-
len im Westen zwischen einer Zypresse und dem Turm

der Domaine hindurchfielen. Das letzte Salatblatt nahm Malin mit zwei Fingern aus der Schüssel und steckte es sich in den Mund, während sie das ganze Geschirr so stapelte, dass sie nur einmal damit in die Küche gehen musste.

Ich hörte das Wasser fließen und die Kühlschranktür gehen, dann ein Klirren von Porzellan, und sie kam heraus mit zwei Tellern, einem Messer und einem Stück Käse. »Tomme de Savoie«, sagte sie, »genau richtig zum letzten Schluck Wein.«

Ich hatte schon am Nachmittag ein Feuer vorbereitet, und wir verbrachten den Rest des Abends in der Bibliothek und lasen. Sie hatte sich *F* von Daniel Kehlmann genommen, und ich fand wieder zurück in den verzweifelten Humor der Familie, die an ihrer eigenen Liebe zueinander zugrunde geht, in *Hier bin ich* von Jonathan Safran Foer. Das Knallen und Knistern des Feuers mischte sich mit dem Rascheln der umgeblätterten Buchseiten und, nach einiger Zeit, auch dem Schnurren von Minou, die sich auf Malins Sessellehne gesetzt hatte.

Ich musste mich beherrschen, nicht an eine Wiederkehr von Nina zu denken, so normal fühlte sich dieses Idyll an. Erst der zweite Abend, und schon war alles wie seit langer Zeit eingeübt und für gut befunden. Es war so richtig, dass es fast wehtat.

Irgendwann war Minou wieder verschwunden, und mir verschwammen die Sätze vor Augen, also stand ich auf, streckte mich und fragte Malin, ob ich noch Holz nachlegen solle, aber sie schlug ihr Buch zu und sagte, sie sei müde.

»Und übrigens, da du deine Post nicht gelesen hast, am Dienstag haben wir den Termin beim Notar in Aix.«

»Danke, dass du mich auf dem Laufenden hältst«, sagte ich, und wir gingen schlafen.

3

Den nächsten Tag verbrachten wir wie den vorangegan-
genen, nur dass diesmal ich am Morgen zum Bäcker fuhr
und wir nach dem Frühstück in Richtung Lauris und
dann zur Durance und an deren Ufer entlang zurück
nach Cadenet gingen.

Weil sie mich danach fragte, erzählte ich Malin, wie
und warum ich Eisenbahner und speziell Schlafwagen-
schaffner geworden war. Es war nicht nur Abgrenzung
gegenüber meinen Mitschülern, die außer einem, der
die Spenglerei seines Vaters übernehmen würde, alle
Arzt, Professor, Anwalt oder irgendwie berühmt werden
wollten, und es war nicht nur eine Hommage an meinen
Vater, den ich nach seinem Tod auf einen Sockel gestellt
hatte. Mich trieb auch die romantische Vorstellung, dass
ich kreuz und quer durch Europa fahren, mich in den
großen Städten auskennen und immer in Bewegung sein
würde. Ein Europäer sein, kein Deutscher.

Ich verließ die Schule mit siebzehn ohne Abitur,
machte nach der Lehre meinen Zivildienst und bewarb

mich dann für die Transeuropa-Nacht-Strecken, genoss meine Entwurzelung, wenn ich in Milano Centrale oder am Gare de l'Est frühstückte, in Amsterdam oder Madrid aus dem Eisenbahnerwohnheim trat, fühlte mich wie ein unbeschriebenes Blatt, das irgendwann von irgendwem mit Sinn gefüllt werden sollte.

Das mit dem Sinn ließ auf sich warten. Ich hatte mir vorgestellt, auf meinen Touren mit den interessantesten Frauen in Berührung zu kommen, aber die Wirklichkeit sah anders aus. In den ersten Jahren waren Frauen, und schon gar allein reisende, in Nachtzügen eine Seltenheit, und später, als sich das geändert hatte, war der Beruf des Schlafwagenschaffners ähnlich populär bei Schwulen geworden wie der des Stewards auf Schiffen oder in Flugzeugen, und da die Frauen das wussten, ignorierten sie mich.

Auch von den Städten sah ich anfangs nicht viel. Die Umgebungen der Bahnhöfe waren heruntergekommene Rotlicht- und Vergnügungsviertel, die ich schnell durchquerte, ohne mich groß umzuschauen, mein Aufenthalt reichte oft auch nur zum Schlafen, Duschen, Essen, und dann trat ich schon die nächste Schicht an. Später entwickelte ich ein gewisses Geschick darin, meinen Urlaub so zu stückeln, dass ich mehrere Tage am Zielort bleiben konnte, und ich lernte endlich etwas von der Welt kennen, durch die ich mich so rastlos bewegte.

»Das klingt ein bisschen frustriert«, sagte sie, »hast du denn überhaupt keine Abenteuer erlebt?«

»Amouröse jedenfalls nicht so, wie ich mir das erträumt hatte. Aber ich hatte unendlich viel Zeit zum Lesen und immer eine Tasche mit Büchern dabei. Andere Abenteuer gab es auch, aber auf die hätte ich gern verzichtet. Diebe, die zwischen zwei Bahnhöfen die

Abteile ausräumten, und verzweifelte Reisende, die am nächsten Morgen fassungslos in ihre leeren Brieftaschen starrten, Betrunkene, die so randalierten, dass ich sie an der nächsten Station von der Polizei aus dem Zug holen lassen musste, einmal hieß es sogar, der Topterrorist Carlos sei im Zug, und wir wurden mitten in der Nacht in Domodossola von einer Hundertschaft Polizisten mit Maschinengewehren von der Lok bis zum letzten Wagen durchsucht. Erfolglos.«

»Hast du immer allein gelebt?«

»Meistens. Ich hatte manchmal Freundinnen, war mit dreiundzwanzig sogar verlobt, aber das ging nicht gut aus.«

»Weil du immer weg warst?«

»Vielleicht auch, ja, aber für mich sah es eher danach aus, dass ich nicht der Richtige war.«

»Und sie? War sie die Richtige für dich?«

»Nein. Ich war zwar sehr verliebt und legte ihr die Welt zu Füßen, also die Welt, die ich kannte und für die ich verbilligte Fahrkarten bekam. Ihr gefiel das, und wir waren eine Zeit lang ein sehr leidenschaftliches und voneinander besessenes Paar. Aber dann war auf einmal alles falsch an mir. Ich war ein Spießer, weil ich keine Silberlöffel im Hotel klauen wollte, ich war ein Langweiler, weil ich so viel las. Ich war ein Feigling, weil ich nicht beruflich aufsteigen wollte und so weiter. Später habe ich kapiert, dass sie einen anderen hatte und deshalb Argumente gegen mich suchte, um nicht vor sich selbst als Schuldige dazustehen. So einfach war das. Nach einem Jahr waren wir wieder getrennt, und ich war von da an deutlich weniger vertrauensselig.«

»War das deine längste Beziehung? Ein Jahr?«

»Nein, ich hatte später noch eine Freundin, Esteva, mit

der ich länger zusammen war, fast sechs Jahre. Ich habe mich sogar in den Innendienst versetzen lassen, an den Informationsschalter im Bahnhof, damit wir jeden Abend zusammen sein konnten.«

»Und dann?«

»War sie zufällig in Madrid am Bahnhof Atocha, als dort sieben Bomben detonierten.«

Ich sah Malin nicht an. Im selben Augenblick, in dem ich den Satz ausgesprochen hatte, war mir klar, dass ich ihn wie eine Pointe gesetzt hatte, und ich schämte mich. Wir standen am Ufer der Durance und schwiegen, bis ich, weil ich nicht wusste, wie ich mich entschuldigen sollte, den lapidaren Satz herausbrachte: »Das ist lange her.«

Sie weinte. Lautlos. Den Blick auf die kiesbedeckte Fläche am anderen Ufer gerichtet, stand sie da, ließ die Arme an sich herunterhängen und die Tränen an sich herunterfließen.

»Tut mir leid«, sagte ich.

»Mir auch«, sagte sie, ohne mich anzusehen, und wischte sich die Tränen mit dem Handrücken aus dem Gesicht.

~

Wir hatten schon seit einiger Zeit den Fluss im Rücken und gingen zwischen Feldern und kleinen Wäldchen hindurch zurück in Richtung Cadenet. Wir gingen schweigend. Ich wusste nicht, wie ich das Gespräch wieder in Gang bringen sollte. Mir wollte nichts einfallen, was ich sie fragen konnte, um die unangenehme Stille zu beenden. Wie ein Paar, das sich gestritten hat und jetzt düsteren, selbstgerechten Gedanken nachhängt, gingen wir, jeder den Blick nach irgendwo gerichtet, nebeneinanderher, und die Luft zwischen uns war wie Panzerglas.

»Hast du sie geliebt?«

»Vielleicht.«

»Das ist eine rätselhafte Aussage.«

»Ich bin mir nicht sicher, ob ich überhaupt weiß, was Liebe ist.«

Das Panzerglas war verschwunden. Sie sah mich fragend an.

»Vielleicht weiß ich es doch. Das, was ich für meine Mutter empfunden habe, muss Liebe gewesen sein. Aber das war mir erst nach ihrem Tod klar, als ich mich noch jahrelang nach ihr sehnte. Während sie lebte, war es einfach normal, dass sie da war, über so etwas wie Liebe dachte ich nicht nach.«

»Es gibt ein Kriterium«, sagte sie leise, »jedenfalls glaube ich das.«

»Ja?«

»Wenn dir das Wohlergehen des anderen wichtiger ist als dein eigenes. Dann liebst du.«

Ich weiß nicht, wieso, aber mir fiel ein, dass ich die Urne von der Küchentheke nehmen und sie irgendwo anders abstellen musste. Das war eine Zumutung für Malin. Wieso war mir das nicht beim Aufräumen eingefallen?

»Ich habe meinen Beruf übrigens auch aus Trotz gewählt«, sagte sie jetzt und ignorierte das Kläffen des x-ten Hundes hinter dem x-ten Zaun, an dem wir vorbeigegangen waren. »Ich wollte etwas maximal von meinen Eltern Verabscheutes tun, und dafür kam nur Bank oder Betriebswirtschaft infrage.«

»War dein Vater nicht im Management? Dann war er doch selber Betriebswirtschaftler.«

»Er war ein Seiteneinsteiger. Er hat sich in Kanada hochgearbeitet vom Fahrer zum Koordinator zum Logistiker und so weiter. Er und meine Mutter halten sich heute noch für Alternative, finden den Kapitalismus schlimm, glauben, dass der Mensch die Erde zerstört, dass es Kriege gibt, weil es Waffen gibt, als würden sich die Leute nicht auch von Hand umbringen, sie glauben, man müsse den Reichen ihr Geld wegnehmen, um es den Armen zu geben und so weiter, sie halten sich immer noch für die Gegenkultur.«

»Und wie bringen sie das mit der Arbeit deines Vaters zusammen? Multinationale Konzerne sind dann doch der Teufel.«

»Sie denken wohl, es ginge nicht um sie, weil sie ja auf der richtigen Seite stehen. Sie denken, all das, was sie wollen, würde nicht sie selber treffen. Sie glauben, die Reichen, denen man dann das Geld wegnimmt, seien andere, Gloria von Thurn und Taxis und die Albrecht-Brüder, und sie glauben, die Flugreisen, die dann verboten werden, seien die der Spießer nach Mallorca, nicht ihre eigenen nach Indien, und sie glauben, ihre Lebensversicherungen und die Superrente, die mein Vater beziehen wird, gäbe es auch ohne Kapitalismus. Und überhaupt, in der idealen Welt würden sie selbst auch zufrieden in einem kleinen Häuschen leben, beim Bauern in der Nachbarschaft Milch holen, und zum Googeln reicht dann auch der Strom vom Windrad auf dem Dach.«

»Vielleicht denken sie gar nicht darüber nach.«

»Auf jeden Fall denken sie nicht zu Ende. Ich hatte manchmal den Eindruck, sie sind zufrieden mit Parolen, die sagen sie auf wie Verse aus der Bibel und halten sich für frei und überlegen.«

»Hast du oft mit ihnen gestritten?«

»Nein, ich habe das bald aufgegeben. Immer wenn ich sie so weit hatte, dass sie zugeben mussten, Wasser zu predigen und Wein zu trinken, sagten sie, das sei ja nur wegen mir gewesen. Sie hätten ihr ungebundenes Leben aufgegeben, um mir eine gute Zukunft zu ermöglichen. Und wenn ich dann sagte, in eurer idealen Welt sind also keine Kinder vorgesehen, gab es Tränen und Gebrüll, und ich war undankbar.«

»Und wie haben sie reagiert, als du ihnen sagtest, dass du eine Banklehre machen willst?«

»Gar nicht. Sie hofften wohl, das gibt sich, und ich studiere doch noch und werde Künstlerin oder Lehrerin oder gehe zur UNO oder zu Amnesty, das war ihre Methode bei allem, was nicht ins Bild passte: ignorieren. Sie haben mich einfach nicht nach meiner Arbeit gefragt und stattdessen lieber ihren eigenen Gedankenbrei umgerührt.«

»Magst du sie?«

»Ja.«

Jetzt bellte der Hund des Engländers. Es war elf Uhr. Ich schloss unsere Tür auf.

»Oder vielleicht doch nicht«, sagte Malin, »ich weiß es nicht mehr.«

∾

Mit ihrem Sonnenhut und Ninas Gartenklamotten sah Malin aus wie eine Werbeikone fürs Landleben. Oder wie irgendeine Prominente, die man in einer Homestory als ganz besonders lebensnah und erdverbunden inszenieren will – die Figur passte nicht so richtig zur Tätigkeit und Umgebung. Es fehlte die Sonnenbräune, es fehlten die Kratzer auf Armen und Beinen, und es fehlte die gewisse Müdigkeit in den Bewegungen, die vielleicht auch nur Bedächtigkeit war. Nina hatte immer eine Art zufriedener Übellaunigkeit ausgestrahlt, wenn sie sich im Garten von Aufgabe zu Aufgabe voranarbeitete, Malin schien mir eher nervös und euphorisch, als glaube sie noch nicht so recht daran, dass sie wirklich hier war und die Zeit für alles reichte.

Ich ließ sie in Ruhe, stellte ihr eine Flasche Wasser hinaus, ein Glas und eine kleine Schüssel mit Eiswürfeln daneben und verzog mich nach drinnen, deckte den Tisch für einen Imbiss, falls sie hungrig werden sollte, holte einen Weinkarton aus der Speisekammer und stellte ihn umgekehrt in meinem Schlafzimmer auf, bedeckte ihn mit drei provençalischen Servietten, nahm schließlich Ninas Urne von der Küchentheke und stellte sie auf den improvisierten Altar. Kurz überlegte ich noch, ob ich ein paar Teelichter dazustellen sollte, ließ das aber sein, weil ich den spöttischen Gesichtsausdruck, mit dem Nina dieses kindlich-pathetische Arrangement betrachten würde, vor mir sah.

Irgendwann hörte ich draußen Filippa vorbeifahren, »ciao ragazza« rufen und Malin mit einem fröhlichen Ciao antworten, und ich setzte mich ins Gästezimmer an den Computer, um meine Skatfreunde zu informieren, dass ich am Abend nicht mit von der Partie sein würde. Zum Glück waren wir zu viert, sodass immer mal einer ausfallen konnte.

Dann schickte ich auf Facebook noch eine Freundschaftsanfrage an Malin und sah mir bei der Gelegenheit ihr Profil an. Außer einem Porträtfoto und ein paar Urlaubsbildern aus Dänemark, Kanada und Lissabon fand ich nichts Privates, die Timeline war gefüllt mit Beiträgen von Freunden, die sich, ähnlich wie bei mir, aus Musikclips, Cartoons, Sinnsprüchen, Empörungsbekundungen über Politiker und Skandale und Glückwünschen zum Geburtstag zusammensetzten – das übliche Geplapper, an dem sie sich offenbar nur mit Likes und Smileys beteiligte. Obwohl das alles öffentlich war, kam ich mir nach kurzer Zeit schon indiskret vor und hörte auf damit, immer weiterzuscrollen.

Mir fiel ein, dass ich sie nicht nach Geschwistern gefragt hatte, und ich nahm mir vor, dies bei nächster Gelegenheit nachzuholen.

Nina hörte mit einem Schlag auf, ein Kind zu sein. Das hatte weniger mit ihrer körperlichen Reife zu tun als vielmehr mit der damals schon achtzehnjährigen Tochter ihrer Nachbarn, die in meiner Klasse der Mittelpunkt des eindeutigen Interesses aller Jungs und damit automatisch des mehrdeutigen Interesses der meisten Mädchen war. Die Jungs wollten alle mit ihr in die Büsche und die Mädchen sich in ihrer Aura aufhalten, an ihrem Glanz teilhaben, herausfinden, wie sie das anstellte, die Gier aller Jungs zu entfachen, oder wenigstens eine Gelegenheit suchen, ihre Beliebtheit zu unterminieren.

Lydia, so hieß das Mädchen, sah aus wie Ursula Andress, war ein Jahr zuvor sitzen geblieben und in unsere Klasse gekommen und hatte, weil sie ein Jahr älter war als wir, schon den Führerschein und, weil ihre Eltern ein Kaufhaus in der Innenstadt besaßen, ein eigenes Auto, einen Citroën 2CV. Dieses Auto war damals das Nonplusultra bei allen, die sich als antibürgerlich verstanden, und das waren nahezu alle in meinem Alter. Zumindest in den Städten und Gymnasien.

Lydia war eine Zeitlang als Ninas Babysitterin eingesprungen, wenn deren Pflegeeltern tanzen gingen und ich aus irgendeinem Grund nicht konnte. Nina hatte immer geseufzt und die Augen verdreht, wenn sich die Tür hinter Lydia schloss. Sie ist dumm wie ein Engerling, sagte sie dann, man kann nichts mit ihr reden.

Da Lydia mich schon kannte und sich deshalb ganz selbstverständlich mit mir abgab, mich um Zigaretten anschnorrte oder um Rat für eine Hausaufgabe bat, wurde ich für meine Mitschüler auf einmal wieder sichtbar. Ich hatte mich aber so an den Status des Sonderlings gewöhnt, dass ich es nicht so richtig begriff und vor allem nichts daraus machte. Ich blieb in meiner Seifenblase, und die Kontaktversuche meiner Klassenkameraden ließen irgendwann wieder nach. Vermutlich vergrößerte sich Lydias Nimbus dadurch, dass sie sich gelegentlich mit einem Freak wie mir unterhielt, weil man ihr das als soziale Ader auslegte.

Beim alljährlichen Schulball vor den Herbstferien hatte ich als profilierter Eigenbrötler selbstverständlich keine Lust zu tanzen, und nachdem ich eine Weile mit neidischer Arroganz zugesehen hatte, wie die anderen sich amüsierten, verzog ich mich, um eine Zigarette zu rauchen. Nach der Initiation mit Nina vor etwa einem Jahr hatte ich Gefallen daran gefunden und immer eine Packung Camel ohne Filter bei mir.

Den Platz bei den Fahrradständern, an dem sich alle anderen trafen, mied ich und ging ums Schulhaus herum zu dem Schuppen, in dem sich die Mülleimer und das Werkzeug des Hausmeisters befanden. Zwischen diesem Schuppen und der Giebelwand des Schulhauses wurde man von niemandem gesehen, der nicht direkt dorthin kam.

Lydia musste mir gefolgt sein, denn ich hatte die Zigarette noch nicht aus der Packung gezogen, da stand sie schon neben mir und fragte, ob ich ihr auch eine hätte. Sie war verschwitzt vom Tanzen, und ihr zitronengelbes Minikleid klebte an ihrem Körper.

Wir rauchten schweigend, sie wiegte sich in den Hüften zum Takt der verwischten Klänge von *Keep on running*, die aus der Turnhalle auf der anderen Seite des Gebäudes herüberwehten.

Irgendwann sagte sie, ohne mich anzusehen: »Bei dir weiß ich immer noch nicht, ob du was Besonderes bist oder bloß zurückgeblieben.«

»Nichts Besonderes«, sagte ich, obwohl ich selbstverständlich anderer Meinung war und den Schluss, ich sei zurückgeblieben, nicht nahelegen wollte, aber wer sich selbst für was Besseres hält, steht über solchen simplen Kategorisierungen.

»Mal sehen«, sagte sie und griff ohne Umschweife zwischen meine Beine. Dort geschah augenblicklich, was geschehen musste, und sie öffnete meinen Gürtel, zog den Reißverschluss meiner Jeans herunter, fasste in meine Unterhose, legte meinen Penis frei, ihre Hand darum und bewegte sie vor und zurück.

Ich konnte mein Glück nicht fassen, begriff nur, dass mir unverhofft geschah, woran ich seit zwei Jahren dachte, und glaubte, es stünde mir nicht zu.

»Komm«, sagte sie, »du auch bei mir«, und ich schob ihr das Kleid hoch, strich mit beiden Händen über ihren Po, schob sie unter ihr Höschen und ließ meine Rechte nach vorn wandern, um möglichst ebenso sanft wie sie die feuchte Stelle zu massieren, von der ich, ob nun bei Lydia oder irgendeiner anderen Frau, mehrmals täglich träumte.

Sie ließ mich los, zog sich das Höschen aus, warf es sich über die Schulter wie ein Soldat sein Barrett und lehnte sich gegen die Wand des Schuppens. Sie war größer als ich, sodass ich nicht in die Knie gehen musste, als sie mich in sich hineindirigierte und gleich danach ihre Hände auf meine Brust legte. Es musste aussehen, als wolle sie mich wegstoßen, aber das tat sie nicht, sondern ließ ihre Finger unter meine Achseln gleiten, während ihre Handflächen sich sanft über meine Brustwarzen bewegten.

»Zurückgeblieben bist du schon mal nicht«, flüsterte sie schon ein bisschen atemlos.

Ich hielt sie mit beiden Händen am Po fest, weil sie jetzt ihre Knie ein wenig gebeugt hatte, ich spürte ihr Gewicht in meinen Händen und dachte, das soll nie aufhören, etwas Schöneres kann man nicht erleben, ich roch das Holzschutzmittel in der Schuppenwand und Lydias Parfüm, spürte, wie sie plötzlich erstarrte, mit lauter Stimme »Gott sei Dank« sagte und mich jetzt tatsächlich von sich wegdrückte. Sie stieß mich so heftig, dass ich fast gefallen wäre, mir wurde bewusst, wie lächerlich ich auf einmal aussah mit der Hose an den Knöcheln und erigiertem, augenblicklich zur monströsen Peinlichkeit gewordenem Penis, und erst dann wandte ich den Blick in Richtung der Stimme, die ich jetzt sagen hörte: »Was soll denn das?«

Da stand Herr Singer, unser Deutschlehrer, der Schwarm aller Mädchen und Held fast aller Jungs, und sah enttäuscht aus, entsetzt oder gedemütigt, ich konnte seinen Gesichtsausdruck nicht lesen und wollte es auch nicht, weil ich andere Probleme hatte. Ich beeilte mich, alles einzupacken, und sah noch, wie Lydia sich den Saum ihres Kleides nach unten zog. Ihr Höschen sah ich nicht mehr, vielleicht hatte sie es jetzt in der Faust, aber ihr Gesichtsausdruck irritierte mich. Sie war nicht verlegen oder beschämt, sondern ein beleidigtes und verzweifeltes Häufchen Elend. »Der hat mich vergewaltigt«, sagte sie mit vor Unglück vibrierender Kleinmädchenstimme.

In den nächsten Tagen rechnete ich damit, dass die Polizei vor meiner Tür stehen würde, aber es kam nur ein blauer Brief. Dass ich nicht mehr zur Schule zu kommen brauchte, hatte mir Herr Singer nicht extra sagen müssen, das wusste ich auch so. Meine Pflegeeltern merkten zuerst nicht, dass ich schwänzte, sie arbeiteten beide und wurden erst mit der Katastrophe konfrontiert, als sie den Brief von der Schulleitung lasen, in dem es hieß, ich sei wegen grober Respektlosigkeit vom Unterricht ausgeschlossen. Sie versuchten herauszufinden, worin diese Respektlosigkeit bestanden haben mochte, aber ich schwieg eisern, und die Anrufe bei der Schule gaben sie irgendwann auf, nachdem man sie jedes Mal an Herrn Singer verwiesen hatte und dieser nie erreichbar war.

Ich fragte mich, warum Herr Singer mich nicht angezeigt hatte, schließlich bezichtigte mich Lydia eines Verbrechens. Wollte er den guten Ruf der Schule nicht belasten? Hatte er sie überredet, es nicht an die große Glocke zu hängen, oder sie ihn? Sie wusste schließlich, dass es nicht die Wahrheit war, vielleicht fürchtete sie, dass ihre Lüge herauskommen würde, wenn die Polizei die Sache untersuchte. Dass sie überhaupt gelogen hatte, war mir allerdings unerklärlich. Ich konnte mir keinen Grund dafür vorstellen. Wieso sollte sie mir Schaden zufügen wollen? Ich hatte ihr nie etwas getan.

Nina beschimpfte mich, als ich ihr eröffnete, dass ich das Abitur nicht machen würde, sondern mich bei der Bahn beworben hatte, sie war so wütend und ausfallend wie nie bisher und bedrängte mich so lange mit Fragen nach dem Grund für diese »saublöde Entscheidung«, bis ich ihr endlich die peinliche Geschichte erzählte.

Dass ich das nicht hätte tun sollen, begriff ich erst ein paar Wochen später, als ich erfuhr, dass Lydia bei einem Autounfall ums Leben gekommen war. Sie hatte an einer Kreuzung unvermittelt Gas gegeben und war direkt unter den Auflieger eines Sattelschleppers gerast. Seltsamen grauen, papierartigen Gebilden, die sich hier und da in den Trümmern ihres Autos gefunden haben mussten, schenkte niemand Aufmerksamkeit oder erkannte sie gar als die Reste eines Wespennestes, denen man wohl auch dann keine Bedeutung beigemessen hätte – die allgemeine Lesart des Unglücks als Teenagerselbstmord wurde erhärtet durch die Entdeckung, dass Lydia ein Verhältnis mit Herrn Singer gehabt hatte. Er war bei ihrer Beerdigung zusammengebrochen, und die Gerüchte machten die Runde, bis zwei von Lydias Freundinnen auspackten. Er musste für zwei Jahre ins Gefängnis. Und ich verstand, wieso sie mich als Vergewaltiger hingestellt hatte. Sie hatte es nicht gewagt, ihren Geliebten mit seiner Ersetzbarkeit zu konfrontieren.

»Das habe ich nicht gewollt«, sagte Nina, als wir unter unserer Trauerweide saßen, wo sie mir die ganze Geschichte erzählt hatte. »Sie sollte bloß gestochen werden. Wieso gibt die Gas und haut nicht einfach aus dem Auto ab?«

Sie weinte, bekam fast keine Luft mehr, und ich nahm sie in den Arm und wusste nichts Tröstendes zu sagen.

Das Wespennest hatte Nina mit einer Plastiktüte von der hinteren Ecke ihres Gartenschuppens gerissen, dann mit dem Fahrrad und der summenden Tüte in der Hand hundert Meter vor der Kreuzung gewartet, war, als Lydia zur Schule aufbrach, ein Stückchen neben ihr hergefahren und hatte das Ganze durchs offene Dach das Wagens fallen lassen.

»Das wird schön im nächsten Frühjahr«, sagte Malin, nachdem sie sich an der Spüle ein paar Hände voll Wasser ins Gesicht geschaufelt hatte, »deine Schwester hat den Garten so klug angelegt, dass er wie ein langsames Feuerwerk kommt, das seh ich erst jetzt, weil ich nach und nach erkenne, was da alles wächst und wieder blühen wird.«

Sie warf mir einen kurzen Blick zu, als sie sich das Gesicht mit dem Geschirrtuch abtrocknete und sah, dass die Urne nicht mehr an ihrem Platz stand. Sie sagte nichts und ich ebenso wenig, aber es fühlte sich an, als hätte sie mir gedankt.

»Hast du Geschwister?«, fragte ich.

»Nein«, sagte sie, »die wären ja auch nicht echt. Du bist meine ganze Verwandtschaft, falls du nicht noch Cousins und Onkel oder Tanten hast und falls da nicht irgendwo auf der Welt noch mein leiblicher Vater existiert. Aber deine Schwester hat nichts von ihm geschrieben, also hätte ich auch keine Chance mehr, ihn zu suchen. Ich nehme an, sie wusste nicht, wer es war.«

Von Eltern sagte sie nichts. Vielleicht hatte Nina in ihrem Brief erwähnt, dass wir Waisen waren.

»Wir sind die Letzten in der Linie«, sagte ich, »falls du nicht noch ein Kind bekommst.«

»Auf einmal versteh ich nicht mehr, wieso ich das nie wollte.«

»Was, ein Kind?«

»Ja.«

»Klingt das traurig?«

»Nein.«

Ich wusste, dass sich jetzt ein ungutes Schweigen ausbreiten würde, in dem wir diesem knappen Nein hinterherhorchen würden, bis es sich aufgebläht hätte und schließlich durch seine schiere Größe als Lüge erschienen wäre, deshalb sagte ich das Erste, was mir einfiel: »Willst du was essen?«

»Ein Brot mit Tomaten vielleicht.«

»Magst du Fenchel?«

»Ja.«

»Dann mach ich uns noch eine Verzierung dazu.«

Sie stellte Brot, Butter, Salz und einen Teller mit Tomaten auf den Tisch, während ich eine Fenchelknolle in Scheiben schnitt und mit Salz, Pfeffer, Öl, Zitrone und Petersilie auf einer Platte anrichtete.

»Warst du mal in Italien?«, fragte sie, als sie davon probiert hatte. »Das schmeckt.«

»Immer nur kurz«, sagte ich, »aber immer in die Küche verliebt.«

»Merkt man. Gut so.«

»Ich habe dich übrigens als Facebook-Freundin angefragt.«

»Wozu das denn?«

»Falls wir mal Streit haben. Dann muss ich nicht an deine Tür hämmern, wenn ich mich wieder versöhnen will.«

Sie lachte. »Wir streiten nicht.«

Aber sie stand auf und ging nach nebenan, um ihr Handy zu holen. Es war ausgeschaltet, und sie musste eine Weile warten, bis sie darauf herumtippen konnte. »So«, sagte sie schließlich, »wir sind jetzt offiziell verwandt.«

Bevor sie das Telefon neben sich auf den Tisch legte, schaltete sie es wieder aus.

»Keine Lust auf Anrufe?«, fragte ich.

»Überhaupt keine«, sagte sie lächelnd.

Die abgeschnittenen Zweige waren am Abend zu einem veritablen Haufen angewachsen, den ich am nächsten Vormittag wegzufahren versprach. Malin hatte geschuftet, als müsse sie sich etwas beweisen oder sich ablenken oder betäuben. So entspannt, wie sie sich mir gegenüber gab, war sie wohl nicht, aber ich sprach sie nicht darauf an, weil ich fürchtete, sie könne es als Kritik verstehen.

»Heut Nacht schlaf ich gut«, sagte sie, als sie sich frisch geduscht mit nassen Haaren an den Tisch setzte. Meine Nudeln mit Steinpilz-Weißwein-Soße schmeckten ihr, nichts blieb übrig, kein Blättchen vom Salat, keine Nudel und kein Tropfen Soße, und als wir später am Abend wieder am Kaminfeuer saßen, jeder in sein Buch vertieft, unterbrach sie unser zufriedenes Schweigen irgendwann mit der Frage: »Darf ich eigentlich auch was anpflanzen?«

»Was du willst«, sagte ich, »das ist jetzt dein Garten. Du darfst mich einspannen, du darfst mich auch zurate ziehen, falls du dich mit irgendwas nicht entscheiden kannst, aber du bist der Chef. Ich bin froh, dass der arme Garten jemanden gefunden hat, der ihn zu würdigen weiß.«

»Und darf ich morgen mal was kochen?«

»Ja, klar.«

»Ich hab Lust auf Kartoffelpuffer. Mit Dosenbohnen.«

»Originell. Das hab ich noch nie gegessen.«

»Ich auch nicht, aber ich stell's mir gerade gut vor. Ich mach noch Tomaten und Gurkenwürfelchen dazu.«

～

Nachdem sie ins Bett gegangen war, saß ich noch eine Zeit lang und sah dem Feuer beim Herunterbrennen zu. Ich ertappte mich dabei, dass ich dachte, so soll es bleiben, aber ich erschrak zugleich, weil ich wusste, dass es nie so bleibt und man keine Wahl hat, als die guten Momente zu würdigen und die unausweichlich folgenden schlechten zu überstehen. Irgendwann würde sie dieses »Paradieses« überdrüssig sein und zurück in die Stadt wollen, in ein Leben, das zu ihrem Alter passte, auf die Suche nach einem Mann oder einer neuen Aufgabe. Irgendwann würden wir einander alles erzählt haben, was wir erzählen wollten, alles gefragt haben, was wir uns zu fragen erlaubten, und nur noch Garten, Essen und vielleicht die Weltpolitik als Gesprächsthemen übrig behalten.

Andererseits sind Gespräche nicht alles. Mit Nina war freundliches Anschweigen der Normalzustand gewesen, wir hatten einander nicht ständig mit dem Absondern von Text unserer Aufmerksamkeit oder gar Existenz versichert. Vielleicht würde ja das, was zwischen Bruder und Schwester möglich war, auch zwischen Onkel und Nichte passen.

Egal, dachte ich mir, carpe diem. Pläne machen ist etwas für Leute, denen das Haus in Südfrankreich noch fehlt.

4

Das Frühstück stand schon auf dem Tisch, und der Kaffee hörte gerade mit seinem hellen Geblubber auf, als ich herunterkam.

»Warst du wieder zu Fuß beim Bäcker, ich hab kein Auto gehört?«, fragte ich, und Malin antwortete: »Zu Fuß ja, aber nicht gegangen, sondern gerannt. Ich verbinde das jetzt mit meiner Morgenrunde. Das Angenehme mit dem Nützlichen.«

»Gut geschlafen?«

»Glänzend. Ich hatte die beste Bioschlaftablette, die man sich wünschen kann.«

»Meinst du den Exzess im Garten?«

»Nein, Minou war da und hat mich in den Schlaf geschnurrt.«

Sie hatte Milch für mich aufgeschäumt und goss sie auf die Kaffeepfütze in meiner Tasse. Während ich den ersten Schluck probierte, erzählte sie von einer Schlange, die vor ihr über den Weg geglitten sei, und ich fragte, ob sie lang oder kurz gewesen sei.

»Lang«, sagte sie.

»Ungefährlich«, sagte ich, »die kurzen muss man fürchten. Es gibt hier Vipern, die sehr giftig sind. Morgens, wenn sie noch nicht so beweglich sind, sollte man hohe, feste Stiefel tragen, falls man querfeldein oder gar über Steinhaufen gehen will. Wenn sie warm von der Sonne sind, dann hauen sie ab. Aber Steine umdrehen würde ich nicht. Überhaupt würde ich nicht querfeldein spazieren.«

»Haben wir das nicht vorgestern erst getan? Querfeldein spazieren? Von Lourmarin hierher zurück?«

»Doch. Aber ich habe drauf geachtet, dass wir nicht über Steinhaufen oder durchs hohe Gras kommen. Wir haben immer den Boden gesehen.«

»Hast du solche festen Stiefel?«

»Ja. Für dich vielleicht auch. Ninas könnten dir passen.«

»Falls nicht, schau ich in Aix nach welchen. Am Dienstag.«

∼

Nachdem ich die Spülmaschine gestartet hatte, wollte Malin die Küche putzen, aber ich sagte ihr, das sei nicht nötig, weil Aurélie am Montag komme, worauf sie vorschlug, mit mir die Gartenabfälle wegzubringen. Und wenn wir schon unterwegs seien, könnten wir auch zum Supermarkt fahren für den Wocheneinkauf.

Ich packte den blauen Sack voll mit den restlichen Zweigen und Blättern, lud ihn in den Kofferraum und stellte noch einen Karton mit leeren Flaschen und Gläsern dazu.

Im Supermarkt stachelten wir einander zu immer originelleren Rezeptvorschlägen an, und wenn wir uns auf ein Gericht geeinigt hatten, knobelten wir mit Schere, Stein und Papier aus, wer es kochen sollte. Oder durfte. Malin studierte eine Zeit lang das Angebot im Weinregal und nahm schließlich fünf verschiedene Flaschen heraus, die mir alle zu teuer gewesen wären. An der Kasse zog sie ihre Kreditkarte aus der Tasche und bestand darauf, den ganzen Einkauf zu bezahlen. Ich wehrte mich nicht allzu lange, denn allein der Wein kostete schon mehr als hundert Euro. Meine Pension ist nicht üppig, aber ich war bisher gut mit ihr ausgekommen. Ich wusste allerdings noch nicht, was jetzt, ohne Ninas Beteiligung, an Kosten auf mich zukam. Ich nahm mir vor, den Stapel Briefe endlich zu öffnen. Vermutlich waren Rechnungen darunter, die sich schon mit Mahngebühren aufblähten.

Vor der Déchetterie stand eine Schlange von Autos mit Anhängern, und wir hätten eine halbe Stunde oder länger gebraucht, um zu dem Verschlag mit den Grünabfällen zu kommen, also wuchtete ich die Ikea-Tasche aus dem Kofferraum und trug sie über den Hof. Malin nahm sich inzwischen der Flaschen an.

»Gibt es hier eine Gärtnerei«, fragte sie, »könnten wir da mal vorbeischauen?«

Ich fuhr zur Ambiance au Jardin am Chemin des Ramades, wo Nina in den letzten Jahren alles, Pflanzen, Geräte, Erde und Töpfe, gekauft hatte. Malin fand nach einigem Suchen eine Fuchsie, ein unansehnliches kleines Gestrüpp ohne Blüten, nur erkennbar an dem kleinen Pappschild, und lud sie in ihren Korb. »Die fehlt nämlich noch«, sagte sie.

»Die wird nicht gedeihen. Nina hat es dreimal versucht, und immer sind sie eingegangen. Der Boden ist falsch oder die Sonne zu stark, irgendwas passt ihr nicht.«

»Ich versuche es dann eben zum vierten Mal. Fuchsien sind einfach so schön.«

Ich schluckte meine Bemerkung, dass Nina genau dasselbe gesagt hatte, und versuchte, nicht in mich hineinzulächeln, weil ich spürte, dass mich ein Seitenblick streifte.

~

Ich wusste nur noch die letzte Stelle, an der Nina es mit einer Fuchsie versucht hatte, zwischen einem der beiden Oleander und einer Staude, deren Namen ich nicht kannte, also grub Malin ein Stück entfernt davon im Schatten des Lorbeers ein Loch, lehnte meine Hilfe ab, ließ mich aber den Sack mit Blumenerde herantragen.

Ich ging nach drinnen und öffnete alle Briefe, sah sie durch und stellte fest, dass die allermeisten Bestätigungen waren, dass irgendwas von Ninas Konto abgebucht werden sollte. Sie hatte vorausgesehen, dass ich die Briefe und damit auch die Rechnungen ignorieren würde.

Das Schreiben des Anwalts enthielt den Termin zur Testamentseröffnung am Dienstag, den Brief von Malin las ich nicht – das wäre ein Rückschritt gewesen in die Zeit, als wir uns noch nicht kannten.

Mir kamen die Tränen, als nebenan plötzlich Musik lief. *Solsbury Hill*. Ich setzte mich an den Tisch und ließ alles laufen, was aus meinen Augen laufen wollte. Erst als das Stück zu Ende war, und ich die Tür zum anderen Haus gehen hörte, wischte ich mir schnell das Gesicht ab und stapelte die auf dem Tisch verstreuten Briefe.

Malin kam nicht herein, vermutlich ging sie ums Haus herum und arbeitete im Garten weiter.

~

Nach dem Tod unserer Mutter hatten Nina und ich nie wieder gestritten. Wenn einer von uns wütend war und den anderen beschimpfte, dann ließ der es einfach an sich herabrieseln, wartete, bis das Unwetter sich verzogen hatte, und entschuldigte sich entweder oder ließ das Thema fallen.

Eine Zeit lang versuchte ich, Nina davon zu überzeugen, dass ich alleine am Tod unserer Mutter schuld sei, schließlich hatte ich den albernen Bären auf falsche Gedanken gebracht, aber sie versteinerte jedes Mal, wenn ich davon anfing – es war sinnlos. Sie hörte nicht zu.

Unser Vater machte uns keinen Vorwurf, vielleicht weil wir es nie gewagt hatten, ihm genau zu schildern, was dem Tod unserer Mutter vorausgegangen war. Er wusste nur, dass sie die Straße überqueren wollte, nicht den Grund dafür.

Als er dann auch noch starb, versteinerten wir beide. Unsere Pflegeeltern, Lehrer und Mitschüler behandelten wir höflich, waren freundlich und folgsam, aber den Blick in unser Inneres erlaubten wir niemandem mehr.

Untereinander waren wir eher wie zwei Igel, die dem anderen ihren weichen, schutzlosen Bauch zeigen und die Stacheln nach außen richten. Nina hatte im Gegensatz zu mir zwar Freundinnen, mit denen sie von Hula-Hoop über Himmel und Hölle bis zu Gummitwist alles Übliche unternahm, aber denen spielte sie das unkomplizierte Mädchen vor, das sie nicht war.

Nach Lydias Tod brach die bis dahin halbwegs vernarbte Wunde wieder auf. Wieder war Nina schuldig geworden, wieder versteinerte sie, und ich konnte nichts tun, außer abzuwarten, sooft sie es wollte, mit ihr zusammen zu sein, über alles Mögliche zu reden, außer über Lydia natürlich, und ihr zu zeigen, dass unser Leben weiterging. Es dauerte Monate, bis ich sie wieder lächeln sah.

Ob nun Schuld oder Pubertät oder beides dafür verantwortlich waren, sie veränderte sich. Ihre Kindlichkeit und mit ihr alles Fröhliche, Ausgelassene und Verspielte verschwanden unter dicken Kajalrändern um die Augen, aufgesetzter Lässigkeit und desinteressiertem Gesichtsausdruck, ihre Kleidung wurde labbrig, bunt und wahllos, ihr Gang schlurfend und ihre Haare mit dem neuen Mittelscheitel lang und länger.

Niemand wäre in dieser Zeit auf die Idee gekommen, dass sie erst dreizehn war, denn sie hatte eine Klasse übersprungen, und die Mädchen, mit denen sie sich umgab, waren vierzehn und fünfzehn, spielten der Außenwelt eine Freiheit und Unabhängigkeit vor, die sie noch nicht besaßen, weil ihr Inneres sie noch festhielt in der Unsicherheit und Zaghaftigkeit, die sie mit ihrem übertrieben fraulichen, abgebrüht-romantischen Äußeren für abgeschafft erklärten.

Als Lehrling bei der Bundesbahn trug ich kurze Haare, Cordhosen und Lederschuhe, sodass wir, wenn wir uns trafen, einen fast absurden Anblick boten. Das Hippiemädchen und der Spießerjüngling. Unser Vertrauen zueinander wurde davon nicht beeinträchtigt. Als sie etwa ein Jahr später zum ersten Mal mit einem Jungen geschlafen hatte, teilte sie ihre Verwirrung und Enttäuschung darüber nicht mit ihren Freundinnen, sondern mit mir.

»Das hat wehgetan, es war eklig, und der hat nicht gut gerochen«, sagte sie. Wir saßen wieder unter unserer

Trauerweide und rauchten. Ich versuchte, den Erfahrenen zu spielen, aber sie durchschaute mich. Sie wusste, ohne zu fragen, dass mein Erlebnis mit Lydia bis dahin im Wesentlichen alles war, was ich an Einschlägigem beisteuern konnte, also verpuffte mein tröstlich gemeinter Satz, es sei sicher viel zu früh gewesen, mit vierzehn sei man noch nicht so weit, und außerdem werde das immer besser, je öfter man es tue, wie beim Bier- oder Weintrinken, das schmecke am Anfang ja auch nicht. »Es reicht schon, wenn du zuhörst«, sagte sie, »du musst nicht schlau sein.«

Minou schoss durch die Küche, zur vorderen Katzenklappe herein und zur hinteren hinaus. Ich wartete darauf, dass ich die Klappe in Malins Haus hören würde, aber das Gebell des Nachbarhundes war zu laut, und jetzt kam noch das Zuschlagen einer Autotür hinzu. Durchs Küchenfenster sah ich einen schwarzen Audi an der Einfahrt und einen Mann, der auf Malin zuging, in einer Art Gebärde des Unverständnisses die Arme ausbreitete und gleichzeitig den Kopf schüttelte, er sah übernächtigt aus, der Bartschatten wirkte deplatziert auf der blassen Haut seines Gesichts, er überquerte den Vorplatz und blieb ein paar Schritte von Malin entfernt stehen. Ich kannte sein Gesicht von ihren Facebook-Fotos. Ich öffnete die Tür und ging hinaus.

»Das ist Markus«, sagte Malin zu mir, ohne mich anzusehen. Sie wirkte auf einmal mutlos und klein wie ein Kind, das bei etwas Verbotenem erwischt worden war.

»Andreas«, sagte sie noch, worauf der Mann einen Blick zu mir herüberwarf, nickte und sich wieder Malin zuwandte. »Was soll das?«, sagte er, und in seiner Stimme lag alle Enttäuschung, mit der er auf seiner langen Fahrt hierher allein gewesen sein musste.

Malin schwieg.

»Wolltest du dich irgendwann mal bei mir melden?«

»Du hast mich ja auch so gefunden«, sagte sie, »ich hätte das Handy nicht anschalten dürfen. Du hast mich geortet, oder?«

»Ganz so wortlos, wie du dir das vorstellst, kannst du nicht aus unserem Leben verschwinden. Es braucht Unterschriften und alles Mögliche, wenn ich die Wohnung verkaufen soll.«

»Ich mache mal Kaffee«, sagte ich und ließ die beiden allein.

Während ich ein kleines Frühstück zusammenstellte, Butter, Käse und Marmelade zu dem übrig gebliebenen Baguette, Teller, Messer und zwei Espressotassen auf dem Tablett unterbrachte, sah ich immer wieder aus dem Fenster und konnte verfolgen, wie sich Malins Haltung änderte. Sie schien ihn nicht oder nur jeweils sehr kurz anzusehen, aber sie redete und gestikulierte und wirkte dabei nicht wie jemand, der sich für irgendetwas verantwortet, sondern wie jemand, der Geduld braucht, um zu erklären, was er selbst für offensichtlich hält.

Ich stellte noch die Zuckerdose aufs Tablett und legte ein Löffelchen daneben, dann goss ich den Kaffee in die Tassen und ging nach draußen.

Sie standen noch immer dort, wo sie aufeinandergetroffen waren, Malin, die Schere in der Hand im Gartendress zwischen zwei Büschen, und Markus zwei Schritte vor ihr in einer Haltung, die mittlerweile nichts Forderndes mehr hatte. Es sah aus, als siege die Müdigkeit, die er auf der Fahrt hierher unterdrückt hatte.

Ich stellte das Tablett auf den Tisch und schlug vor, sie sollten sich setzen, worauf sie beide einen kurzen Blick zu mir herwarfen, ohne weiter zu reagieren. Ich nahm die beiden Espressotassen und reichte zuerst ihm, dann ihr eine.

»Danke«, sagte Markus jetzt, »das hilft.«

»Ich lass euch alleine«, sagte ich und verzog mich wieder nach drinnen. Es sah nicht so aus, als brauche Malin meine Unterstützung, und falls doch, dann würde sie mich rufen.

Ich setzte mich in die Bibliothek, schloss das Fenster, damit ich nicht unfreiwillig zum Lauscher würde, versuchte zu lesen, aber gab auf und scrollte stattdessen durch Facebook, wo ich ohne Konzentration alles an mir vorbeilaufen ließ, Urlaubsbilder, Sinnsprüche, Geschimpfe und Hinweise auf alle möglichen Artikel. Als ich begriff, dass nichts von dem, was ich sah, in mein Gehirn vordrang, schloss ich die Seite und spielte Solitär, bis ich hörte, wie das Auto wieder wegfuhr und kurz darauf Malin in der Tür stand mit einer großen, chromglänzenden Espressomaschine im Arm.

»Meinst du, wir haben dafür Platz?«, fragte sie.

»Den schaffen wir«, sagte ich.

Ich ließ Essig, Öl und die Salzdose fürs Kochen in einem der Oberschränke verschwinden, den Messerblock, der zwar praktisch, aber mir wegen seiner Hässlichkeit schon lange ein Dorn im Auge gewesen war, legte ich zum Kaminholz, die Messer in die Schublade, wo sie gerade noch so Platz fanden, dann schloss ich die Maschine an, und Malin füllte Wasser ein. »In zehn Minuten ist sie heiß genug«, sagte sie, »dann gibt's richtigen Kaffee.«

»Hätten wir deinen Markus nicht einladen sollen, hier ein paar Stunden zu schlafen?«, fragte ich.

»Er geht ins Hotel.«

»Dass er die Kaffeemaschine mitgebracht hat, ist nett.«

»Ja.«

»Versteht er, warum du ihn verlässt?«

»Nein. Er glaubt, es wäre wegen der Kündigung, und hat versucht, mir zu erklären, dass er nicht anders konnte, aber darum geht's nicht. Es war nur der Punkt, an dem ich begriffen habe, dass es nicht stimmt.«

»Und was stimmt nicht?«

»Kann ich nicht sagen. Kennst du das, wenn dein Gefühl ganz klar ist, aber du bringst es nicht in Worte? Ich kann dir nicht erklären, warum ich auf einmal nicht mehr mit Markus zusammen sein kann, aber ich weiß, dass es so ist und dass es keine augenblickliche Stimmungsschwankung, sondern eine komplette Kapierung ist. Es ist, als hätte ich mir die Zuneigung zu ihm nur eingebildet oder als hätte ich unser Zusammenleben nur geträumt und wäre jetzt aufgewacht. Präziser geht's leider nicht.«

»Vorstellen kann ich mir das. Nachvollziehen kann ich's nicht.«

»Musst du ja nicht. Reicht, wenn du's nicht übel nimmst.«

»Fahren wir demnächst mal nach Hamburg, um deine Sachen zu holen?«

»Nein, ich glaube nicht. Irgendwann muss ich wohl hin, wenn wir einen Notartermin haben wegen der Wohnung, aber Schmuck und Kleider schickt er mir, und alles andere lasse ich ihm.«

»Du bist radikal.«

»Ich bin konsequent, ja.«

»Ich kenne dich ja noch gar nicht, aber wenn ich raten müsste, was für Eigenschaften du hast, dann wäre Radikalität oder Konsequenz oder vielleicht auch Sturheit wohl dabei.«

»Statt Sturheit könntest du auch Beständigkeit sagen.«

»Das würde Markus vielleicht anders sehen.«

Sie lachte.

»Also konsequent«, sagte ich, »darauf können wir uns einigen.«

»Ich kenne mich selbst jedenfalls so. Schon als kleines Mädchen habe ich, wenn mich eine Freundin schlecht behandelt hat, alle Geschenke zurückgegeben, Bücher, Spiele, Poesiealben, sogar eine Barbie und ein Poster von David Hasselhoff, in den ich unsterblich verliebt war. Bei der Bank bin ich mit eigenem Geld, und wenn es nur hundert Euro waren, in die Anlagen gegangen, zu denen ich meinen Kunden geraten habe. Oder besser gesagt, ich habe meinen Kunden nur zu den Anlagen geraten, in die ich auch selbst investiert war.«

»Immer? Konntest du das immer so halten?«

»Wenn die Kunden von sich aus was anderes wollten, durfte ich ihnen natürlich nicht abraten, sonst wäre ich schon vor Jahren rausgeflogen, aber wenn sie auf meinen Rat hin wo eingestiegen sind, bin ich auch rein. Oder ich war schon drin.«

»Machen das auch andere so?«

»Bei uns in der Bank wohl nicht. Ich hab's auch niemandem auf die Nase gebunden. Nur Markus wusste davon. Er hat den Kopf geschüttelt, aber als er mitbekam, dass ich alles in allem sehr gut damit gefahren bin, hat er mich hin und wieder um Rat gefragt.«

»Warum lagst du dann nicht in diesem Punktesystem, nach dem die Leute entlassen wurden, ganz an der Spitze?«

»Weil das, was dem Kunden gut bekommt, nicht immer auch der Bank gut bekommt. Beurteilt wirst du natürlich nach dem, was du der Bank einbringst, nicht daran, wie breit der Kunde lächelt, wenn er dich sieht.«

»Das heißt aber, du hast auch verdient damit.«

»Ja. Ein bisschen was ist schon zusammengekommen dabei. Ich muss jetzt nicht sofort hinter einem Job herrennen. Ich bin erst mal frei.«

»War das so was wie ein Ziel oder Traum von dir, frei zu sein?«

»Ja. Aber ich dachte immer, es kommt erst viel später dazu.«

»Ich habe den Eindruck, dass die wenigsten Menschen frei sein wollen, es ist ihnen viel wichtiger, irgendwo dazuzugehören.«

»Das eine muss das andere doch nicht ausschließen, oder? Ich kann mich doch auch frei für eine Zugehörigkeit entscheiden.«

»Für den Beitritt zu irgendeiner Gruppe oder Gemeinschaft schon, aber dann entscheiden alle anderen, ob du bleiben darfst oder sie dich verstoßen.«

»Spricht da jetzt der ewige Fremdling?«

»Vielleicht. Ich glaube, ich hatte nicht das Ziel, frei zu sein, ich war's auf einmal und habe mich dran gewöhnt. Und gleichzeitig war ich nicht allein.«

Der Kaffee war tatsächlich viel besser als mein gewohnter Blubberkännchensud. Ich trank ihn ausnahmsweise ohne Milch, um seinen puren Geschmack zu würdigen.

»So lässt sich's leben, oder?«, sagte Malin. Ich nickte.

Und ich wunderte mich, wie gut es mir gelang, Nina nicht zu erwähnen. Jedes Mal, wenn sie in einem Satz auftauchen wollte, bremste ich oder bog ab und respektierte das Tabu. Ich war mir sicher, es würde irgendwann

aufgehoben werden, aber wann, hätte ich nicht zu pro-
gnostizieren gewagt. In drei Wochen? In einem Jahr? An
ihrem Geburtstag? Oder an Malins? Ich hatte Geduld.

In meinem zweiten Lehrjahr stand Nina eines Tages mit
einem Kuchen vor der Tür. Ich wohnte noch bei meinen Pflegeltern, denn mein Lehrlingsgeld hätte entweder
nur für ein Zimmer in der Stadt oder Essen, Trinken und
Rauchen gereicht. Ich gab alles bis auf hundert Mark zu
Hause ab und fühlte mich trotzdem reich. Mit hundert
Mark im Monat war ich ein Krösus.

»Machst du uns Kakao?«, fragte Nina, als sie den Kuchen auf den Küchentisch stellte.

»Hast du den gebacken?«

»Ja, mit Anleitung. Den nächsten krieg ich alleine
hin.«

»Und was ist der Anlass? Was feiern wir?«

»Mamas Geburtstag.«

Ich suchte ein wenig länger als notwendig in der
Küchenschublade nach dem Messer mit der breitesten
Klinge, klirrte und klapperte einfach noch zwei, drei Se-
kunden weiter, obwohl ich es schon in der Hand hielt.

»Den feiern wir ab jetzt jedes Jahr«, sagte sie.

»Papas auch?«

»Papas auch.«

Ich schnitt den Kuchen in Stücke, füllte den Kakao
in eine Thermoskanne, und wir gingen zu unserer Weide
am Fluss.

»Weißt du noch, wie sie ausgesehen hat? Ich nicht
mehr so richtig. Die Fotos helfen nicht mehr«, sagte sie,
»auf dem Bild ist sie noch da, und wenn ich dann die Au-

gen zumache und an sie denken will, ist sie nicht mehr da«, und dabei sah sie nicht mich an, sondern das Gras vor ihren Turnschuhen.

»Ich weiß noch, wie sie roch«, sagte ich, »das glaube ich jedenfalls. Aber kann sein, dass ich mir das auch nur einbilde.«

Eine Zeit lang schwiegen wir, rührten den Kuchen nicht an, rauchten stattdessen und tranken Kakao aus dem Deckel der Thermoskanne. Irgendwann sagte Nina: »Wenn Mama noch leben würde, hätten wir jetzt vielleicht nur noch Krach.«

»Denkst du noch oft an sie?«

»Immer vor dem Einschlafen.«

»Ich auch.«

»Und an Papa?«

»Auch fast jeden Tag. Wenn ich in den Spiegel schaue, dann sehe ich, dass ich keine Prinzessin mehr bin. Er hat mich immer Prinzessin genannt. Ich werde nie wieder eine sein. Und immer wenn ich *Sad Lisa* höre, muss ich heulen.«

Sie nahm ein Stück Kuchen vom Teller und hielt es mir vors Gesicht. »Essen«, sagte sie, »das machen wir jetzt jedes Jahr.«

»Du wirst eine Königin«, sagte ich. Und nachdem ich in den Kuchen gebissen hatte: »Oder wenigstens eine Bäckerin. Der schmeckt super.«

»Kennst du *April* von Deep Purple?«

»Nein.«

»Komm, wir gehen zu mir. Ich spiel's dir vor.«

Seit einiger Zeit machte sie mich auf Musik aufmerksam, die ich sonst nicht entdeckt hätte. Ich hörte Radio abends nach der Arbeit, besaß kaum eigene Platten, wurde nicht zu Partys eingeladen und gehörte zu keiner Clique, deren Musikgeschmack ich mich hätte anschließen können, also kannte ich nur die Allerweltsmusik, die im Radio lief, manches mochte ich, vieles nicht, das meiste kannte ich nur als Melodie oder Textzeile und wusste nicht, wie die Songs oder Interpreten hießen. Ganz anders Nina. Sie war eine Expertin und verbrachte ganze Abende damit, Musik zu hören. Sie besaß schon damals mehr als zwanzig Platten, was einem schier unglaublichen Reichtum gleichkam. Sie tauschte mit anderen, wünschte sich zu Weihnachten und Geburtstag immer nur Platten und verbrachte inzwischen mehr Zeit im Laden unter den Kopfhörern als mit ihren Freundinnen und neuerdings auch Freunden.

Immer wenn ich in ihrem mit Konzertplakaten tapezierten Zimmer war, steckte sie mich mit ihrer Leidenschaft an, brachte mir Bands wie Emerson, Lake and Palmer, Colosseum, Genesis oder Pink Floyd nahe. Mir gefiel das, vor allem gefiel sie mir, wenn sie so glühte und strahlte, ich fand sie dann immer mindestens doppelt so lebendig wie mich, der seinen Dienst und die Berufsschule irgendwie im Halbschlaf hinter sich brachte, um dann abends in irgendeinem Buch zu verschwinden.

~

Die Saisonarbeiter, die den Tag über im Weinfeld nebenan geerntet hatten, machten Feierabend und gingen in kleinen Grüppchen zur Domaine hinüber, als Malin sagte, sie wolle noch ein Stück gehen. Ich schloss mich an, und wir schlugen die Richtung zur Durance ein.

»Tut er dir leid?«, fragte ich, als wir wie am Tag zuvor am Ufer nach links abbogen und den Fluss ein Stück seines Weges zur Rhône begleiteten.

»Ja«, sagte sie, »er wird bestraft für etwas, an dem er nicht schuld ist. Ich lasse ihn einfach so sitzen und kann ihm nicht erklären, wieso.«

»Denkt er nicht, dass es an der Kündigung liegt?«

»Doch, das denkt er.«

»Dann braucht er keine andere Erklärung.«

Sie lächelte. Und wir schwiegen, bis wir ein Stück Treibholz erreichten, den Torso eines verwitterten und ausgelaugten Baumes, auf den wir uns setzten, um dem trägen Dahingleiten der abgefallenen Blätter auf der Wasseroberfläche zuzuschauen.

»Ich glaube, ich bin aus der Bahn geraten«, sagte sie irgendwann, »ich muss hier bei dir stillhalten, bis ich herausfinde, wer ich bin. Oder wer zu mir gehört. Ich meine, zu wem ich gehöre.«

»Biologisch gesehen, zu mir.«

Sie lächelte wieder, wandte mir kurz ihr Gesicht zu, sah dann aber gleich wieder zur Sandbank am anderen Ufer.

»Als hätte die Nachricht, dass meine Eltern nicht die echten sind, ein Loch gerissen. Das macht mir Angst. Als könnte ich jetzt innerlich leer werden, wenn dieses Loch sich vergrößert.«

»Du wirst nicht leer. Da ist kein Loch.«

»Was dann?«

»Der Schrecken darüber, dass das, was vierzig Jahre lang sicher schien, auf einmal zum Rätsel geworden ist.«

»Ich habe zum ersten Mal eine Vorstellung davon, wie weh es tun muss, einsam zu sein. Ich kannte das nicht. Ich war nie einsam. Ich war immer verbunden mit der Familie, den Freunden, Markus, den Kollegen, und jetzt sind die alle auf einmal wie aus Glas.«

»Ich bin nicht aus Glas.«
»Nein.«

Wir waren so weit am Flussufer nach Osten gegangen, direkt auf der Departementsgrenze zwischen Vaucluse und Bouches-du-Rhône, dass wir in der Stadt landeten, wo wir spontan die Kartoffelpuffer auf ein andermal verschoben, weil uns der Duft aus einer Pizzeria in die Nase stieg.

»Ist es dir damals schwergefallen, von einem Moment zum nächsten mit der Arbeit aufzuhören?«, fragte sie mich, als ihr Aperol Spritz und mein Campari Orange vor uns hingestellt wurden.

»Ja. Es fiel mir allerdings nicht gleich auf, weil das Befreiungsgefühl so überwältigend war und Umzug, Einrichten, der ganze Amtsschimmel und das Abwickeln meines alten Lebens fast ein Vierteljahr gebraucht haben, aber dann war es sehr gewöhnungsbedürftig, auf einmal nichts mehr zu sollen und nichts mehr zu wollen und die Dinge, die ich früher nur nebenbei gemacht habe wie kochen, einkaufen, irgendwas reparieren, aufräumen, solche Sachen, als einzige übrig gebliebene Aufgaben zu haben. Ich habe eine Weile gebraucht, um mich nicht als Schmarotzer zu fühlen, der sein Geld jeden Monat ohne Gegenleistung kriegt.«

»Du hast die Gegenleistung ja schon vorher erbracht. Deine Pension hast du dir verdient.«

»Das habe ich mir dann auch gesagt, aber bis ich's glauben konnte, musste mir Nina immer wieder mal die Düsternis ausreden. Jetzt geht's. Ich lebe in den Tag hinein, bin abends müde und suche nicht mehr krampfhaft nach irgendwas zu tun. Ich will nur nicht verblöden. Davor habe ich immer noch Angst.«

»Ich kann jedenfalls noch nicht in Rente gehen«, sagte Malin, »irgendeine Aufgabe muss ich mir suchen, wenn der Garten erst mal fertig ist.«

»Lass dir einfach Zeit. Die richtige Idee kommt von selbst.«

»Mein Geld reicht auch nur für eine begrenzte Auszeit, nicht für ein ganzes Leben. Ich muss was finden. Aber ich seh's schon als Privileg, dass ich erst mal auf die Idee warten kann.«

»Gibt es Freunde zu Hause, die du vermissen wirst?«

Sie dachte nach und wollte antworten, als unsere Pizza gebracht wurde. Sie wartete, bis der Kellner wieder weg war, dann sagte sie: »Vielleicht nicht.«

Ich hakte nicht nach. Nach den ersten Bissen und dem letzten Schluck Aperol sprach sie weiter: »Eine Freundin aus der Schulzeit ist vor sechs Jahren gestorben. Ich glaube, sie war meine einzige richtige Freundin. Die anderen haben sich verflüchtigt, so wie sich Freunde anscheinend in jeder Lebensphase verflüchtigen. Nach der Schule, nach der Ausbildung, nach dem Stellenwechsel, nach der Hochzeit oder dem Kinderkriegen, immer wenn sich was ändert im Leben, sind die Freunde auf einmal weg.«

»Oder du selbst bist weg.«

»Jetzt zum Beispiel, ja. Jetzt bin ich dran mit Wegsein.«

Es war kühl geworden, als wir nach Hause gingen. Wir hatten nicht daran gedacht, dass wir so spät noch unterwegs sein würden, und uns deshalb zu leicht angezogen.

Der Kamin war schon vorbereitet, sodass ich das zerknüllte Papier unterm Holz nur anzuzünden brauchte,
und wir setzten uns mit einem Glas Wein und unseren
Büchern in die Sessel, hörten dem Prasseln und Fauchen
des Feuers zu, das wenig später nur noch ein Knistern
und Knacken war, dafür aber von Minous Schnurren un-
termalt wurde, die sich zu uns gesellt hatte und in siche-
rer Entfernung vom Feuer und etwaigen Funken auf dem
Teppich lag.

»Ich mag den Geruch«, sagte Malin, »Kaminfeuer
tröstet.«

»Brauchst du Trost?«

»Ich glaube ja. Wenn ich erst mal kapiert habe, was in
mir vorgeht, dann brauche ich Trost.«

Irgendwann später fragte sie mich, ob ich die Eisen-
bahn je vermisst hätte, und ich erzählte ihr von den ersten
Jahren bei Transeuropa-Nacht, in denen sich alles noch
wie Aufbruch angefühlt hatte und ich voller Hoffnung
gewesen war auf etwas, das ich nie benennen konnte,
Liebesabenteuer, eine Zukunft in Metropolen wie Paris
oder Wien, die Teilhabe an irgendetwas, von dem ich nie
herausfand, was es sein könnte, vielleicht die Bekannt-
schaft mit Literaten und Künstlern oder Ingenieuren,
Forschern und Erfindern, die Mitarbeit an Initiativen, die
etwas aufbauten, ein verlassenes Dorf wieder zum Leben
erweckten oder eine verfallene Fabrik zum Konzerthaus
oder Seminarzentrum ausbauten, ich dachte immer, ich
würde zufällig auf etwas stoßen, das mich brauchte und
mir vielleicht eine Bedeutung verleihen würde, die über
die eines kleinen Zahnrädchens in einer großen Maschi-
nerie hinausgehen würde.

Mit den Jahren der Routine und Erfahrung verlor sich
diese Hoffnung. Langsam und deshalb unmerklich ver-

änderte sich das euphorische Gefühl bei der frühmorgendlichen Einfahrt in Bruxelles-Midi, Roma Termini oder Lissabon Oriente, ich streifte irgendwann nicht mehr als Erstes durch die aufwachende Stadt, sondern ging müde und blicklos direkt zu meiner Unterkunft, und je klarer mir wurde, dass ich nicht vor einer irgendwie großen, leuchtenden oder eindrucksvollen Zukunft stand, in der alles, was ich bis dahin gelernt hatte, einen Sinn bekäme, der über die bloße Tätigkeit hinausweisen würde, je näher ich der Erkenntnis kam, dass ich ein Zahnrädchen war und sonst nichts, desto weniger fühlte ich mich meinen Reisenden verbunden.

Ich hatte zunehmend Mühe, meine Fassade der Zuvorkommenheit aufrechtzuerhalten, wenn mir Leute anspruchlich, von oben herab oder gar bissig entgegentraten, und ich hatte irgendwann den Eindruck, diese Sorte würde immer zahlreicher. Die fröhlich-aufgeregten, dankbaren und höflichen Menschen starben entweder aus oder reisten nicht mehr mit dem Nachtzug.

Dass meine Jungmännerhybris verloren gegangen war, steckte ich ohne größeres Bedauern weg, es fiel mir leicht einzusehen, dass ich nichts Besonderes war, nur ein normaler Mensch mit einem normalen Beruf, daran war nichts falsch oder gar peinlich, aber das Verschwinden des Hochgefühls und der Hoffnung zeigte mir, dass diese Phase meines Lebens vorbei war und ich etwas anderes probieren sollte.

»Und dann hast du es mit der Liebe versucht«, sagte Malin, als ich geendet hatte und uns beiden nachschenkte, »die richtige Frau war auf einmal da.«

Ich lauschte ihrem Satz eine Weile nach. Die richtige Frau? Liebe? Esteva und ich waren ein gutes Paar gewesen, behutsam und genießerisch, aber an die besinnungslose Entgrenzung der Liebe, die Auflösung des eigenen Ichs konnte ich mich nicht erinnern. Das, was mich Bücher wie *Sturmhöhe* oder *Der Magus* zu erwarten gelehrt hatten, war es nicht gewesen. Aber eine andere Bezeichnung hatte ich auch nie dafür gefunden, also sagte ich: »Ja.«

»Ich glaube, ich habe den richtigen Mann nicht getroffen«, sagte sie, den Blick auf Minou gerichtet, die mit eingeklappten Vorderpfoten und abwärtsgebogenen Schnurrhaaren einen überaus zufriedenen Eindruck machte. Wärme und die Stimmen zweier Menschen, mehr schien sie nicht zu ihrem Glück zu brauchen.

»Dann kommt er noch«, sagte ich.

»Heute nicht mehr«, sagte sie, »ich würde auch nichts mit ihm anzufangen wissen, so müde, wie ich bin.«

Sie stand auf.

»Gute Nacht.«

»Schlaf gut.«

Ich blieb sitzen, sah dem Feuer beim Herunterbrennen zu und dachte nichts weiter, als dass auch mir Wärme und die Stimme eines Menschen zum Glücklichsein genügten.

~

Bis zu ihrem Abitur stand Nina tatsächlich jedes Jahr im August und Oktober mit einem selbst gebackenen Kuchen vor der Tür. Sogar nach Stuttgart, wohin es mich nach Abschluss meiner Ausbildung zum Zivildienst verschlagen hatte, war sie getrampt und überraschte mich an meiner Arbeitsstelle, dem Büro der Bahnhofsmission.

Sie war eine Schönheit geworden, erinnerte an Faye Dunaway mit ihren ausgeprägten Wangenknochen, und ich war stolz auf die Blicke, die ihr folgten, als ich mit ihr im Schlossgarten nach einer Weide suchte, unter der wir unser Picknick machen wollten. Ich hatte mir dafür eine Decke ausgeliehen, die allerdings von der Dienststellenleiterin erst herausgerückt wurde, als ich ihr versicherte, dass diese auffallende Frau meine Schwester sei und wir nichts Unsittliches vorhätten.

Auch im Brenz-Haus, wo ich mein Zimmer hatte, durfte Nina nicht einfach bei mir im Bett übernachten, sondern musste in ein Gästezimmer zwei Stockwerke tiefer. Dabei hatten wir denselben Nachnamen, weil wir nicht adoptiert worden waren. Für uns als Pflegekinder bekam man Geld vom Staat, als eigene Kinder hätten wir nur Geld gekostet. Ohnehin hätten wir uns geweigert, denn der Name war alles, was uns noch mit unseren Eltern verband und zu einer Familie machte. Dem Rest einer Familie.

Nina hatte einen Freund, einen Typen, den ich nicht mochte, weil ich ihn großspurig und hohl fand, aber er spielte Orgel in einer Rockband, hielt sich für einen kommenden Weltstar, weil er Stücke von Brian Auger und Vanilla Fudge nachspielen konnte, und leider fand ihn auch Nina so großartig wie er sich selbst.

Ich versuchte nicht, ihr diesen Kerl auszureden, aber unser verschworener Geschwisterbund löste sich zusehends auf, zumal auch ich eine Freundin hatte, deren Erwähnung bei Nina nur Augenrollen und beredtes Schweigen auslöste.

Die räumliche Trennung trug ihren Teil dazu bei, dass wir beide uns nicht mehr aneinanderklammerten, sondern jeder für sich ein eigenes Leben ausprobierten. Ich das brave und gleichförmige eines Schlafwagenschaffners, sie das abwechslungs- und ereignisreiche eines Groupies, später dann einer Weltenbummlerin und Aussteigerin, die sich in den verschiedensten Zusammenhängen zurechtfand, ohne je irgendwo anzuwachsen oder das Richtige für sich zu finden.

Jedes Mal, wenn sie den Standort wechselte, schrieb sie mir eine Postkarte, und ich besuchte sie, wann immer ich es einrichten konnte, in den Höhlen von Matala auf Kreta, in einer Villa in St. Tropez, einer Kommune bei Arezzo oder einem Herrenhaus in Cornwall.

Ich machte ihr keine Vorhaltungen bei unseren seltenen Treffen, aber sie spürte wohl, dass ich glaubte, sie setze alles auf ihre Schönheit und schere sich nicht um irgendwelche Qualifikationen, eine Ausbildung, ein Studium, einen Job, in dem sie es zu irgendeiner Könnerschaft bringen würde – das Leuchten in den Augen der Männer schien ihr zu genügen, es gab immer einen, in dessen Kielwasser sie eine Strecke weit mitschwamm, und wenn sie genug davon hatte, stand da immer schon der Nächste bereit.

Ich sagte es nicht, aber ich fand, sie begebe sich von einer Abhängigkeit in die nächste und merke deshalb nicht, dass das, was sie für ihre Stärke hielt, ihre Attraktivität und offenbar hypnotische Wirkung auf Männer, in Wirklichkeit eine Schwäche war. Sie würde irgendwann von dieser Jeunesse dorée ausgespuckt werden und so hilf- wie mittellos an irgendeinem Hotspot stranden, wo andere, Jüngere an ihr vorbeiflanierten und dieselben hohlen Träume auslebten.

Das stimmte nicht. Ich verstand das erst später, als ich längst bei ihr wohnte und sie mir von dieser Zeit erzählte. Sie eignete sich Fertigkeiten an, Schafzucht, Schmuckherstellung, Handel, Kunstvermittlung, Management, sie blieb nur in den ersten Jahren nicht bei irgendeiner

Stange, sondern hob ab und flog weiter, wenn es sich ergab.

Als sie dann nach Amerika verschwunden war, brach die Verbindung ab, und ich wusste drei Jahre lang nicht, wie es ihr ging, wo sie war, ob sie mich brauchte, weil von ihr kein Lebenszeichen mehr kam.

Irgendwann dachte ich, sie müsse tot sein, aber weil ich es nur glaubte und nicht wusste, vermochte ich nicht um sie zu trauern und versuchte, so wenig wie möglich an sie zu denken. Manchmal vor dem Einschlafen sah ich ihr Gesicht vor mir, so wie früher das meiner Mutter, spürte ihre Hand in meiner, fest und dennoch bereit, sofort loszulassen, so wie wir einander gehalten hatten, wenn wir beide freihändig mit den Rädern am Fluss entlanggefahren waren.

Ich hatte eigentlich nur noch das Verlöschen des Feuers abwarten wollen, aber Minou war irgendwann auf meinen Schoß gesprungen und hatte sich dort eingerichtet, also schlief ich im Sessel ein und wachte erst wieder auf, als ich fror und Minou sich schon längst wieder verzogen hatte.

Ich ging vor die Tür, sah mir den Sternhimmel an und hoffte, der Nachbarshund würde nicht auf mich aufmerksam werden. Es war drei Uhr morgens, ich hatte eine Decke um mich geschlungen und hörte mir die Stille an, die mich umgab. Es war eine gute Stille. Nicht die hohle, höhnische, die von einem leeren Haus ausgeht, sondern die samtige, zufriedene, die den Schlaf einer vertrauten Person begleitet.

Jetzt wäre eine Zigarette das Richtige gewesen, aber

ich hatte das Rauchen schon vor Jahren aufgegeben, nicht weil ich etwaige Folgen für meine Gesundheit gefürchtet hätte, sondern weil es auf einmal überall verboten war und man sich vor die Tür stellen musste, ob es nun kalt oder nass oder windig zuging, sodass dieses einstmals schöne Ritual auf einmal zu einer Art notwendiger Verrichtung verkam und aufhörte, ein Genuss zu sein.

Ich bewunderte den Trotz und das Stehvermögen der verbliebenen Raucher, aber ich hatte nicht den Charakter, es ihnen gleichzutun. Zu mir passte dieser Querulantenstolz nicht − ich war ein Mitläufer und Untertaucher, ich wollte nicht auffallen. Es fiel mir zum Glück leicht, und ich wurde weder dick noch nervös, ich hatte nur auf einmal Geld für besseren Wein.

Ein leichter warmer Wind streifte durch die Bäume, und prompt kläffte der hysterische Hund. Zum Glück nur kurz. So viel Realitätssinn schien er zu besitzen, dass er einer vorbeiflitzenden Maus oder dem Sirren eines Nachtfalters keine minutenlange Arie widmete. Hier draußen vor dem Haus war es wärmer als drinnen, obwohl dort das Kaminfeuer gebrannt hatte. Der Autan, ein Wind von der Alpensüdseite, hatte bei Nina immer Kopfschmerzen verursacht, die sie mit extra dafür bereitliegenden Tabletten abwehrte. Die Schachtel lag noch in der Küchenschublade, weil ich es nicht über mich gebracht hatte, sie wegzuwerfen. Ich selbst bekam nie Kopfschmerzen.

Als ich nach drinnen ging, trat Malin von der anderen Seite in die Küche, und ich sah ihr auf den ersten Blick an, dass sie dieselben Kopfschmerzen hatte. Ihre Augen waren schmal, ihr Gesicht blass, und sie ging vorsichtig, wie man vielleicht auf einer riesigen Matratze gehen würde. Ich zog die Schublade auf und nahm die Tablettenschachtel heraus, gab ihr zwei – die Dosis, die Nina immer gebraucht hatte – und ließ etwas Leitungswasser in ein Glas laufen.

Sie trank schweigend, und ein kleines Lächeln erschien auf ihrem angespannten Gesicht. »Hab ich das etwa geerbt?«, fragte sie, ohne die Antwort hören zu wollen.

»Eine Viertelstunde brauchen die Pillen, bis sie wirken«, sagte ich. »Sollen wir zum Schlafbrunnen fahren?«

»Könnten wir vielleicht auch gehen? Ich fürchte das Zuschlagen der Türen und den Motor, ich kann mir jedes Geräusch nur als Folter vorstellen.«

»Okay«, sagte ich, »wir schleichen, damit uns der Hund nicht hört.«

Wir legten uns jeder eine Decke um die Schultern, nahmen zwei Kissen aus den Sesseln in der Bibliothek und gingen los, nachdem ich die Tür so vorsichtig zugezogen hatte, dass der Kläff-Alarm nicht ansprang.

~

Als der Chemin de Lauris in die Avenue Gambetta mündete, waren die Schmerzen weg, das merkte ich an Malins Gang. Sie trat wieder auf, wie ich es von ihr kannte, mit entschiedenen, zügigen Schritten, nicht so vorsichtig, als balanciere sie über rohe Eier oder große Kiesel.

»Die Bioschlaftablette hat mich leider versetzt«, sagte sie, als wir die paar Stufen auf die Place du Quattorzieme Juillet hochstiegen.

»Die war bei mir auf dem Sessel.«

»Ist das der berühmte Mistral?«, fragte sie, als ein warmer Hauch durch die Platanen fuhr und einige wenige Blätter zu Boden wehte.

»Nein, der weht weiter westlich im Rhônetal. Und er ist kalt. Das hier ist der Autan, auch ein Fallwind aus den Alpen, der aber die Wärme vom Boden mitbringt und die Leute ebenso verrückt macht.«

»Dich nicht?«

»Nein. Windfühlig bin ich nicht.«

»Windfühlig? Gibt es das Wort überhaupt?«

»Ab jetzt, ja.«

Wir richteten uns ein wie beim letzten Mal, ein Kissen und eine Decke für mich, das andere in meinem Schoß für sie und die Decke über ihre Hüfte und Schulter.

»Schlaflosigkeit ist furchtbar«, sagte sie, als sie ihren Kopf schon auf das Kissen gelegt hatte und die Beine anwinkelte, damit sie auf die Bank passten.

»Wenn man keinen Brunnen hat.«

»Mir tut Markus so leid. Und ich schäme mich. So kalt war ich noch nie. Ich kenne mich nicht mehr.«

～

Wie lange ich so saß, ihren Kopf in meinem Schoß, meine Hand auf ihrer Schulter, weiß ich nicht, aber ich erinnere mich an die Ermattung, der ich mich ergab, als wären in den letzten Tagen alle fiktiven Schrauben in meinem Inneren angezogen gewesen und lockerten sich nun durch irgendeine konstante Schwingung, als löste sich eine Anspannung, die vielleicht schon viel länger meine Sehnen und Muskeln in Krampfnähe gehalten hatte, vielleicht seit Ninas Brief, der mir klargemacht hatte, dass ich alleine auf der Welt war, übrig geblieben, ein Rest, auf dessen Verfall und Verschwinden die Wetteinsätze stiegen.

Malin hatte nur wenige Minuten gebraucht, um sich

mit tiefen Atemzügen, deren erste noch wie Seufzer klangen, dann immer erleichterter und immer weiter entfernt von Bewusstsein, in den Schlaf zu verabschieden. Ich spürte die Wärme ihrer Schulter in meiner Handfläche und die des Autan auf meinem Gesicht und glaubte den Ursprung der Schwingung zu erkennen: Ich war doch nicht allein. Der Zustand erwartungsloser Leere, dem ich mich hatte überlassen wollen, war aufgeschoben. Etwas von Nina war hier, und deshalb konnte etwas von mir weiterexistieren, das ich schon verloren gegeben hatte.

Wie beim letzten Mal wachte ich immer wieder auf, weil entweder mein Arm von der Seitenlehne oder mein Kopf aus meiner Hand gerutscht war, aber Malins vertrauensvoller Schlaf war wie eine Belohnung für die Unbequemlichkeit. Auf dem Umweg über die Freude, die ich darüber empfand, dass auf einmal wieder jemand zu mir gehörte, mir vertraute, sich wie selbstverständlich zu meiner Gegenwart zählte, entdeckte ich, dass Nina seit dem Tod unserer Eltern der einzige Mensch gewesen war, mit dem mich mehr verbunden hatte als die Absicht, ein Stückchen Weg gemeinsam zu gehen. Mit Nina war es der ganze Weg gewesen. Zumindest ihr ganzer Weg. Auf dem letzten Teil von meinem konnte ich vielleicht ihre Tochter beschützen.

Ich spürte, dass ich lächelte, als mir das Wort »beschützen« bewusst wurde. Hatte ich Nina je beschützt? Ich hatte für sie den Stabilen, Verlässlichen, Einschätzbaren gespielt, aber diese Rolle nie ernstlich ausfüllen müssen. Ich hatte in der braven Eintönigkeit meines Lebens nur als Pappkulisse des Felsens in der Brandung herumgestanden, sie musste sich nur ein einziges Mal tatsächlich an mir festhalten. Das, was ich für Ninas Leichtfertigkeit gehalten hatte, war in Wirklichkeit die Freiheit eines beweglichen und unruhigen Charakters gewesen. Ihre Souveränität war mir nie aufgefallen, weil ich immer nur die Gefahren gesehen hatte, denen sie sich aussetzte, und nie die Chancen, die sie wahrnahm, um keine Abbiegung ihres mäandernden Lebenswegs zu verpassen.

5

»Messieurs dames, ceci n'est pas une chambre à coucher«, sagte eine Männerstimme in einiger Entfernung. Ich schrak auf, und damit weckte ich Malin. Der Mann stand auf der Terrasse der Bar des Amis. Er sah zu uns herüber, wirkte nicht allzu bedrohlich, vielleicht war er sogar ängstlich und hatte deshalb das Terrassengeländer und eine Sicherheitszone von einigen Metern zwischen sich und uns gelassen. Ich wollte gerade etwas Entschuldigendes in meinem ärmlichen Bedarfsfranzösisch daherstammeln, da war Malin schon aufgestanden, drei Schritte in seine Richtung gegangen und erklärte ihm, wo wir wohnten, dass sie manchmal extreme Schlafstörungen habe – sie benutzte das Wort »Insomnie«, auf das ich nie gekommen wäre –, dass das Wasser des Brunnens beruhigend auf sie wirke und er bitte entschuldigen solle, falls wir ihn damit störten. Wir seien keine Vagabunden, sagte sie, es tue ihr leid, wenn dieser Eindruck habe entstehen müssen.

Sie schien den richtigen Ton zu treffen, denn der Mann entschuldigte sich jetzt seinerseits, dass er uns geweckt habe, wünschte einen schönen Tag und ging zu seinem Auto, einem grünen Peugeot, stieg ein und manövrierte sich mit Geschick aus der engen Parklücke. Bevor er um die Ecke bog, hob er noch die Hand zum Gruß, und Malin winkte.

»Du sprichst ja wie eine Französin«, sagte ich, »das war perfekt.«

»Wir hatten frankokanadische Nachbarn und in der Schule zwei französische Lehrer. Und in der Ausbildung war ich ein Jahr in Genf.«

»Mit dir kann ich hier angeben. Wir müssen so oft wie möglich ausgehen.«

Sie lachte und legte mir eine der Decken über die Schultern. Es war kurz nach sechs, noch dunkel und noch immer ungewöhnlich warm. Der Autan würde wohl noch einen Tag bleiben.

»Das hat gutgetan«, sagte sie, »der Brunnen hat das Zeug zum Heiligtum.«

Als wir zehn Minuten später die Häuser wieder hinter uns gelassen hatten, sagte sie noch: »Du bist ein Held. Dir muss jeder Knochen wehtun, so unbequem wie du die Nacht verbracht hast.«

»Nicht jeder«, sagte ich, »der Pfadfinder in mir ist stolz und zufrieden.«

»Warst du Pfadfinder?«

»Nein. Aber das Wort ›Held‹ erinnert mich an die Zeit, als ich es werden wollte.«

～

Bevor wir uns trennten, um noch ein wenig zu schlafen, hatte ich Malin gefragt, was Nichte auf Französisch heißt, denn ich wollte sie Aurélie richtig ankündigen, aber als ich kurz vor neun aufwachte, hörte ich die beiden schon in der Küche miteinander reden, und als ich mich dazugesellte, saßen sie beim Frühstück, hielten mir je einen Croissant vors Gesicht und verstanden sich offenbar bestens.

Kurz darauf ging ich mit meinem Cappuccino und dem Rest des Croissants nach draußen und sah einen riesigen Schwarm von Staren. Es mussten Tausende sein, dauerte minutenlang, bis sie vorübergezogen waren, und ich vergaß in dieser Zeit, einen Schluck von meinem Kaffee zu nehmen und in den Croissant zu beißen.

Eigentlich musste ich nichts einkaufen, denn wir hatten am Vortag im Supermarkt mehr als genug für die nächsten Tage eingesammelt, aber ich wollte das Ritual nicht aufgeben, also zog ich nach dem Duschen alleine los, weil Malin sich von Aurélie in die Geheimnisse des Hauses einweisen lassen wollte. Aurélie schien damit einverstanden zu sein. Die beiden schienen einander zu mögen. Ob Malin ihr auch verbieten würde, von Nina zu reden?

Die Intervalle, in denen sich Nina per Postkarte bei mir gemeldet hatte, waren immer sehr unterschiedlich gewesen, mal Wochen, mal Monate, also machte ich mir anfangs nichts daraus, dass ich ein Vierteljahr lang ohne Nachricht von ihr blieb. Als dann aber ein halbes Jahr daraus wurde, fuhr ich zu ihrem letzten mir bekannten Aufenthaltsort, einer Kooperative in Ligurien, die in der Nähe von Alassio Olivenanbau und ein Hotel für Wanderer betrieb. Dort sagte man mir, sie sei mit einem Amerikaner weitergezogen, man wisse nicht, wohin, vermute aber nach Kalifornien, weil er von dort immer Post erhalten habe, er sei Musiker gewesen und habe stundenlang mit den USA telefoniert und immer wieder von einem Plattenvertrag gesprochen, der kurz vor der Unterschrift stehe.

Mir blieb nichts anderes übrig, als zu warten, bis sie sich wieder melden würde, und je länger ich wartete, desto blasser wurde meine Erinnerung an sie, bis ich irgendwann dachte, sie muss tot sein. Sie hat sich mit den falschen Leuten eingelassen und ist irgendwo auf einer Luxusjacht oder in einem Rattenloch gestorben, hat mich vergessen, wollte nichts mehr mit mir zu tun haben, brauchte mich nicht mehr, hat mich hinter sich gelassen wie so viele Stationen und Gefährten ihrer Reisen bisher. Das tat weh, aber es war eine neblige, ungenaue Art von Schmerz, weil ich mich immer noch täuschen und nicht sicher sein konnte, dass sie nicht am nächsten Tag wieder vor mir stehen würde oder sich von irgendeinem Ort auf der Welt eine Postkarte auf dem Weg zu mir befand.

In meiner bescheidenen Zweizimmerwohnung bedeckten die mit Reißnägeln befestigten Postkarten inzwischen eine Fläche von etwa einem Quadratmeter an der Küchenwand. Sie umrahmten ein Foto, das uns als Kinder mit unseren Eltern am Strand von Travemünde zeigte, und eines, das ich von Nina aufgenommen hatte unter unserer Trauerweide am Fluss.

In dieser Zeit stürzte ich mich, vielleicht weil ich drei Henry-Miller-Bücher hintereinander gelesen hatte, in Liebesabenteuer, deren Anbahnung mir auf einmal leichtfiel. Ich weiß nicht, warum, aber meine bisherige Schüchternheit war einer Art Draufgängertum gewichen, das ich mir nie zugetraut hatte und das mit einem neu entstandenen Desinteresse an meiner eigenen Empfindsamkeit einherging. Auf einmal wäre es mir egal gewesen, eine

Ohrfeige, Spott, Verachtung oder Empörung zu kassieren, und eben weil es mir egal war, geschah es nicht.

Es war eine kurze Phase, fünf verschiedene Frauen, zwei Jahre, meine knabenhaften Casanovaträume erfüllten sich und wurden schneller schal, als ich das wahrhaben wollte. Schon bei der dritten Freundin, mit der ich die zweite betrogen hatte und die ich, das wusste ich schon im Voraus, mit der vierten betrügen würde, mochte ich mich selbst nicht mehr, hörte mich lügen und sah mich schauspielern wie einen drittklassigen Kurschatten, sodass es den Klartext der vierten Frau, einer klugen und scheuen Biologin, nicht mehr wirklich brauchte, die mir den Kopf wusch, als ich ihn nach der fünften auf der anderen Straßenseite wandte.

Ich nenne diese Frauen nicht beim Namen, weil ich heute finde, dass mir das nicht zusteht. Ich habe sie behandelt wie Sachen. Dass mindestens zwei von ihnen das auch mit mir getan hatten, ändert nichts an der nachträglichen Scham über mein Verhalten.

Wenn ich mich heute an diese Zeit erinnere, dann glaube ich, dass ich Ninas Verschwinden, ihren möglichen Tod mit meiner frenetischen Aufreißerei überdecken wollte. Oder ich wollte es ihr nachtun, ihrer bis dato schon langen Reihe an Geliebten eine eigene Reihe entgegensetzen. Was auch immer es war, es war irgendwann vorbei, und ich verwandelte mich zurück in den verschlossenen Einzelgänger, der dann viele Jahre später zu der souveränen, humorvollen und ebenso einzelgängerisch veranlagten Esteva passen würde, der einzigen Frau außer Nina, die ich vielleicht zu lieben gelernt hätte und der ich dafür noch heute dankbar bin.

Als ich zurückkam, dröhnte Musik aus dem hinteren Haus. *Mister Heartbreak* von Laurie Anderson. Ich verstaute die wenigen Einkäufe, die ich mitgebracht hatte, Kaffee, eine Melone, Serrano-Schinken und zwei Artischocken, die ich als Vorspeise zu den Kartoffelpuffern vorschlagen wollte.

Wie beim letzten Mal, als *Solsbury Hill* gelaufen war, folgte auch diesmal Stille, anscheinend hatte Malin die Angewohnheit, nur einzelne Stücke zu hören. Bei Nina war immer die ganze CD gelaufen. Sie hatte nicht oft Musik gehört, aber wenn, dann ebenso laut wie jetzt ihre Tochter.

»Hab ich dich gestört?«, fragt Malin, als sie mich in der Küche fand, wo ich gerade dabei war, den Kaffee in eine Dose umzufüllen.

»Nein«, sagte ich, »mir gefällt das.«

»Da sind ein paar Sachen, die ich von meinem Vater kenne. Er hat die rauf und runter gehört.«

»Ist Aurélie schon fertig?«

»Nein, sie macht mein Bad. Und dann das große Zimmer. Ich darf ihr nicht helfen.«

»Sollen wir eine Runde gehen?«

»Ja, gern. Ich brauche Bewegung, und Aurélie hat mir vom Laufen abgeraten, solange die Erntehelfer überall in der Gegend herumlungern.«

Ich legte fünfundvierzig Euro für Aurélie auf den Küchentisch, Malin ging nach nebenan und sagte ihr Bescheid, dass wir weg seien und sie abschließen solle, und kam zurück mit ihrer Jacke über der Schulter.

»Lourmarin?«

»Gern. Vergiss deinen Hut nicht. Die Sonne beißt noch ordentlich zu.«

Sie nahm den Hut von der Garderobe, ich setzte meine

weiße Mütze auf, und wir schlugen diesmal den Weg ein, den wir beim letzten Mal zurückgekommen waren.

Wir redeten nicht viel, nur hin und wieder über einen Anblick, an dem wir vorbeikamen, ein schmiedeeisernes Tor, eine üppige Bougainville oder Blumenkästen mit Geranien, die überall in Frankreich so viel schöner, bunter und filigraner sind als bei uns in Deutschland.

»Mit dir kann man gut schweigen«, sagte sie, als wir die ersten Häuser von Lourmarin passierten.

Die fünfte Frau meiner Casanovaphase hatte mir gerade den Laufpass gegeben, und ich war zusammen mit einem Schaffnerkollegen in eine Wohnung im Süden von München gezogen, die wir von seinem Bruder, der das Studium für ein Auslandsjahr unterbrochen hatte, einfach so übernehmen konnten, als ich erschöpft von einer sechstägigen Tour nach Hause kam und Nina in der Küche sitzen sah.

»Ich mach das nie wieder«, sagte sie.

»Was genau?«

»Dich so lang hängen lassen. Ich schwöre, dass ich dir in Zukunft einmal im Monat eine Karte schicke oder einen Brief oder dich anrufe. Wenn du das überhaupt willst.«

»Ja. Will ich«, sagte ich und hatte Mühe, die Tränen zurückzuhalten, von denen ich nicht wusste, ob sie meinem Selbstmitleid geschuldet waren, der Erleichterung, Nina lebendig zu sehen, oder dem verlorenen und zerzausten Anblick, den sie bot.

Mein Kollege hatte sie hereingelassen und ihr unseren Gästeschlüssel gegeben, weil sie ihm von meiner Fotowand, die ich auch hier als Erstes installiert hatte, bekannt gewesen war.

Sie erzählte von Amerika, erwähnte vage eine schlimme Zeit, die sie durchgemacht habe, aber in der Hauptsache schwärmte sie von Landschaften, Städten und Musikern und versprach mir, sobald sie das Geld dafür beisammenhätte, würde sie mich mitnehmen und mir New York zeigen. »Das ist einzigartig«, sagte sie, »das musst du sehen.«

»Und ich zeig dir vorher Venedig«, antwortete ich, »da brauchen wir nicht auf Geld zu warten, weil ich dich im Zug mitnehmen kann.«

Sie schlief die ersten Wochen mit mir zusammen in meinem Bett, dann fand sie einen Job als Telefonistin bei einer internationalen Spedition und übernahm das Zimmer meines Mitbewohners, der sich verliebt hatte und mit seiner Freundin zusammenzog.

Ich zeigte ihr tatsächlich Venedig, wanderte mit ihr vier Tage lang kreuz und quer über Brücken und durch finstere Winkel, wir staunten und schwelgten wie ein Paar auf Hochzeitsreise und beschlossen, falls wir reich werden sollten, dort zu leben. Dass ich mit meinem Beruf nicht reich werden konnte, ignorierten wir, und dass Nina noch überhaupt keinen Beruf hatte, ebenso.

Wir lebten fast elf Monate zusammen in München, kochten gelegentlich zusammen, gingen ins Kino und in Konzerte und ließen einander in Ruhe, wenn einer von uns seine in sich gekehrte Phase hatte, in der ihm nur Bücher und ein schweigendes Kopfnicken hier und da bekamen. Solche Phasen hatten wir beide, deshalb nahmen wir es nicht übel, wenn der andere sich zurückzog.

Ich dachte damals manchmal, so soll es bleiben, so kann ich leben, aber es blieb nicht so. Nina bekam das

Angebot, als Assistentin mit einem Galeristen nach Paris zu gehen, und sie nahm es an mit einer neuen Zielstrebigkeit, die sie von da an immer an den Tag legen sollte. Sie war keine Hippiebraut mehr, das Irrlichternde in ihrem Wesen war verschwunden, seit ihrer Rückkehr aus Amerika hatte sie eine Art heiterer Konzentration an sich, eine Festigkeit, die mir neu war, und nur in sehr seltenen Momenten wirkte sie leer und irritiert, schien ohne Plan und ohne Selbstbewusstsein, aber diese Momente waren kurz und fielen vermutlich nur mir auf, der sich als Einziger daran erinnerte, dass wir beide nach dem Tod unserer Eltern ein Vakuum bewohnt hatten.

So soll es bleiben, hatte ich noch einmal Jahre später gedacht, als Esteva und ich an einem sonnigen Märztag durch die Rue de Varenne in Paris schlenderten, auf dem Rückweg vom Café zu Ninas Wohnung, die wir übers Wochenende für uns hatten, weil sie und ihr Mann im Süden unterwegs waren, um irgendwo im Luberon ein Haus zu besichtigen. Wir genossen den Luxus, in dem wir zu Gast waren, ohne ihn für uns zu ersehnen. Wir fühlten uns als Besucher nicht defizitär, sondern beschenkt und verwöhnt, waren zufrieden mit unserem Leben als Normalverdiener. Esteva gefiel ihre Arbeit beim Ordnungsamt zwar nicht und mir meine am Informationsschalter im Bahnhof noch viel weniger, aber wir waren beide nicht mehr so naiv zu glauben, Arbeit müsse passen, einen erfüllen oder gar irgendwie befriedigen. Arbeit musste gemacht werden. Das Leben war dazwischen.

Es blieb nicht so. Am nächsten Morgen brachte ich Esteva zum Gare de Lyon auf den Zug nach Madrid, wo sie ihre Eltern besuchen wollte.

~

Wir saßen vor einem kleinen Café, dessen Stühle den ganzen Gehsteig blockierten, und Malin bestellte Espresso, Mineralwasser und Sandwiches für uns beide. Sie lobte die üppige Glyzinie an der Seitenwand des Hauses und verwickelte den Besitzer des Cafés in ein längeres Gespräch über das richtige Timing beim Zurückschneiden. Man müsse es zweimal im Jahr machen, erklärte er, im Sommer und im Winter, und da die Pflanze giftig sei, solle man darauf achten, sie nur außerhalb der Reichweite von Kindern wachsen zu lassen.

Ich genoss die Melodie des französischen Geplauders, verstand mal hier ein Wort, mal dort einen ganzen Satz und merkte, dass ich müde war von der Nacht am Brunnen.

»Bringst du mir Französisch bei?«, fragte ich, als der Besitzer endlich nach drinnen verschwunden war, um unsere Bestellung auf den Weg zu bringen.

»Gern«, sagte sie mit einem Lächeln, »warum auf einmal?«

»Vielleicht will ich jetzt doch anwachsen. Bisher war es mir egal, ob ich hier nur irgendwie vorläufig bin oder für den Rest meines Lebens, ich habe, ehrlich gesagt, noch nie darüber nachgedacht, aber jetzt finde ich, wenn ich hier mit den Leuten lebe, dann sollte ich auch verstehen, was sie sagen. Ob es mir gefällt oder nicht.«

»Den Teil, der uns gefällt, genießen wir«, sagte sie, »und den Rest verbuchen wir als Kollateralschaden.«

~

Als Malin sich am späten Nachmittag wieder den Garten vornahm, sagte sie, es werde noch Wochen dauern, drei oder vier, bis alles so weit fertig sei, dass der Winter kommen könne. Mein Angebot, ihr als Handlanger beizustehen, lehnte sie wieder ab. Die Arbeit tue ihr gut, und je länger sie dafür brauche, desto mehr Zeit habe sie, um nachzudenken.

»Über dein neues Leben?«

»Weniger«, sagte sie, »eher über das alte. Meine Eltern, die nicht meine Eltern sind, die mich immer geliebt haben und die ich vielleicht jetzt nicht mehr lieben kann, weil das, was sie getan haben, einfach unverzeihlich ist.«

»Vielleicht hilft es dir ja zu denken, dass du nichts mehr daran ändern kannst. Es war nie deine Entscheidung, es ist noch immer dein Leben, sie sind noch immer die Menschen, die dich großgezogen haben, deine wirkliche Mutter konntest du nicht vermissen, weil du nicht von ihr wusstest. Vielleicht lässt sich das ja auch einfach alles so hinnehmen, wie es eben war.«

»Vielleicht, ja«, sagte sie, »aber vielleicht hat es auch alles zerstört.«

~

Die Kartoffelpuffer mit Bohnen, die sie am Abend tatsächlich gemacht hatte, waren eher apart als eine Offenbarung, und wir nahmen uns vor, es das nächste Mal mit Quark oder Apfelmus zu versuchen.

Das Kaminfeuer ließen wir herunterbrennen, ohne nachzulegen, Minou entschied sich diesmal für Malins Schoß und folgte ihr auch nach nebenan, als sie schlafen ging.

Ich war so müde, dass ich mich am liebsten mit den

Kleidern ins Bett gelegt hätte, aber jetzt, da wieder zivilisiertes Leben im Haus war, würde ich keinerlei Verwahrlosung mehr einreißen lassen, also zog ich mich aus, putzte mir die Zähne, füllte als Letztes noch unten in der Küche Minous Schüsselchen mit Trockenfutter und Wasser und schleppte mich wieder die Treppe hoch, um endlich zu schlafen.

6

Wir fuhren über die Durance und dann nach links zur Autobahn, die von Gap nach Marseille führt. Malin war schwarz angezogen, eine weite, schimmernde Hose und ein Jackett aus feinem Cord, darunter ein T-Shirt mit blauen Längsstreifen. Dazu trug sie ihre normalen Turnschuhe, aber sie hatte Pumps dabei, die sie in einem Stoffbeutel in den Kofferraum legte.

Ich hatte mir eine der besseren dunkelgrauen Hosen herausgelegt und mein blaues Jackett über einem hellgrauen Hemd angezogen. Eine Krawatte nahm ich zwar zuerst aus dem Schrank, aber konnte mich dann nicht entschließen, sie umzubinden. Dem Notar zuliebe musste ich mich nicht verkleiden, und Nina wäre es egal. Sie hatte schon vor Jahren aufgegeben, aus mir einen Dandy machen zu wollen, und irgendwann nur noch auf »sauber und gute Qualität« bestanden, wenn wir tatsächlich mal nach Aix oder Avignon gefahren waren, um ein Konzert anzuhören, etwas Besonderes zu kaufen oder einfach nur so durch die Stadt zu schlendern.

Ich hatte Malin das Steuer angeboten, und sie schien das Fahren zu genießen, ließ den kleinen BMW richtig sprinten, sobald wir auf der Autobahn waren und die linke Spur benutzen konnten.

Ich dirigierte sie in die Stadtmitte und zum Parkhaus Carnot, wo sie den Stoffbeutel mit ihren Schuhen aus dem Kofferraum nahm, mich fragend ansah und auf ihre Turnschuhe deutete.

»Etwa ein Kilometer«, sagte ich und musste lachen, weil ich den Umstand, den sich Frauen aufladen, nur um an der richtigen Stelle in unbequemen Schuhen aufzutreten, trotz all meiner Lebenserfahrung noch immer komisch finde.

Sie gab mir den Stoffbeutel und schloss den Wagen ab, hakte sich bei mir unter und atmete tief ein, als wir aus dem Parkhaus in die unerwartet warme Stadtluft traten.

Zwei Ecken weiter bat Malin mich zu warten und verschwand in einer Apotheke. Sie fragte, ob ich etwas brauche, aber antwortete gleich selbst, ich sei ja ein Mann, die brauchten weder Medikamente noch Ärzte, außer nach Verletzungen beim Zweikampf.

»Ich bin ein ganz normaler Spießer«, sagte ich, »ich zweikämpfe nicht.«

»Sollte keine Kritik sein. Nur ein Witz. Bin gleich wieder da.«

Wir mussten uns nicht beeilen, es war kurz vor zehn Uhr, und der Termin beim Notar war für elf anberaumt, also schlenderten wir wie zwei Touristen durch die enge und lebendige Rue d'Italie, wo wir immer wieder auf den schmalen Fußgängerstreifen ausweichen und an ein Schaufenster oder in den Eingang eines Cafés gedrängt warten mussten, bis ein Lieferwagen oder Handwerkerauto an uns vorbei war.

»Ich hoffe, die halten mich alle für einen reichen Schnö-
sel mit seiner jungen Geliebten«, sagte ich, als Malin sich
lachend nach einem Motorradfahrer umdrehte, der ihr
nachgepfiffen hatte.

»Und du meinst, Vater und Tochter kommt nicht infrage?«

»Nicht bei einem so hässlichen Vater mit einer so
schönen Tochter.«

»Danke.«

»Stolz wäre ich in jedem Fall. Ob als Daddy oder Su-
gardaddy.«

»Hättest du ein Kind gewollt?«

»Ich habe nie darüber nachgedacht. Die erste Frau, mit
der das möglich gewesen wäre, Esteva, war schon über
vierzig, als wir zusammenkamen. Sie sagte, für sie sei der
Zug abgefahren, aber sie bereute es nicht. Sie fand, umso
besser könnten wir uns umeinander kümmern.«

»Mann, ist das schön«, sagte sie, als der Cours Mirabeau
sich vor uns ausbreitete. Die Cafés und Restaurants waren noch spärlich besetzt, die Passanten strebten eilig
ihren Zielen zu, und nur Besucher der Stadt wie wir gingen langsam und sahen staunend oder verzückt um sich
auf den breiten Boulevard mit seinen von jahrhunderte-
langer Hitze ausgebleichten Fassaden, bunten Markisen
und alten Platanen.

Wir gingen bis zur Rotonde, dem Brunnen, um den
sich ein Kreisverkehr schlingt, dann auf der anderen Seite
zurück und hatten immer noch Zeit, denn die Kanzlei
des Notars war in der Rue Mazarin, einer Parallelstraße
zum Cours, also setzten wir uns noch in eins der Cafés
und bestellten Espresso.

»Ich hab ein komisches Gefühl«, sagte Malin.

»Ich auch«, sagte ich.

»Ich begegne einem Geist.«

»Und ich einem geliebten Menschen.«

»Ich konnte sie ja nicht lieben. Das hat sie nicht zugelassen.«

»Aber sicher nicht, um sich zu schonen, sondern dich.«

»Ja. So steht's in ihrem Brief.«

Maître Pasquier sprach perfektes Deutsch. Ich hatte mich schon darauf eingestellt, abzuschalten und Malin das Verständnis seiner Ausführungen zu überlassen, aber das war nicht nötig. Nachdem er uns in höflichem, aber nüchternem Ton sein Beileid zu unserem Verlust ausgesprochen hatte, verlas er das sehr kurze Testament, zeigte uns, wo wir jeweils unterschreiben mussten, übergab uns die Papiere in einer Mappe aus Kunstleder und entließ uns mit einer angedeuteten Verbeugung.

Zwei Konten mit insgesamt fast vierhunderttausend Euro, das Haus und ein Aktiendepot von unbekanntem Wert hatte Nina uns zu gleichen Teilen vermacht, mit der Bitte, es jeweils einander weiterzuvererben und nicht irgendwelchen Institutionen. Wir waren schweigend die Treppe aus dem ersten Stock hinabgestiegen, und ich wollte die Tür zur Straße öffnen, da fiel mir Malin in den Arm und sagte: »Warte. Moment noch.«

Ihr Gesicht war tränenüberströmt, und sie suchte in ihrer Handtasche nach einem Papiertaschentuch, schien keines zu finden, denn sie stöberte immer nervöser darin herum, ich griff in meine Jackentasche und gab ihr eines von den beiden, die ich vorsorglich immer eingesteckt habe.

»Das hätte ich mal kaufen sollen«, sagte sie mit einem

etwas künstlichen Lachen, lehnte sich an die Wand, als sei sie erschöpft, und tupfte sich das Gesicht trocken.

Sie schaute das Taschentuch kritisch an, ob es einer weiteren Verwendung noch standhalten würde, und schnäuzte sich dann die Nase damit.

»Danke«, sagte sie, »ich weiß nicht, was ich gerade fühle. Keine Ahnung.«

Sie stopfte das zerknüllte Etwas in ihre Tasche und sah mich verlegen an.

Vermutlich schaute ich ebenso verlegen drein, denn ich hatte mit dem Gedanken gespielt, sie einfach in den Arm zu nehmen, aber den Zeitpunkt verpasst. Jetzt wäre die Geste nur noch aufdringlich.

»Entschuldige«, sagte sie.

Ich schüttelte nur den Kopf und wartete, die Hand noch immer am Türknauf.

»Raus hier«, sagte sie und nahm meinen Arm, sobald wir auf der Straße standen. Ein paar Meter weiter wechselte sie die Schuhe, wobei sie sich an eine Fensterbrüstung lehnte, dann sah sie die Rue Mazarin hinauf und hinunter und sagte: »Okay. Zeig mir Aix.«

~

Weil wir zum Frühstück fast nichts gegessen hatten, setzten wir uns in eine Brasserie an der Place des Augustins und bestellten Salat und Galettes, danach schlenderten wir durch die Stadt, kauften Calissons, einen Schal und zwei Espressotassen, sprachen nicht über das Erbe, aber ich hatte den Eindruck, dass auch Malin die ganze Zeit daran dachte. Gleichzeitig mit ihrem Abschied hatte ihre Mutter ihr ein ganzes neues Leben zu Füßen gelegt, ein Haus, einen Verwandten, ein kleines Vermögen, und das genau im richtigen Moment, in dem sie ihr bisheriges Leben einfach abgestreift hatte. Oder hatte sie es nur deshalb abgestreift, weil Ninas Brief gekommen war?

Malin war schweigsam und wirkte immer wieder überrascht oder irritiert, wenn ich sie auf etwas aufmerksam machte, einen Brunnen, eine Kirche, einen Hauseingang. Es schien, als denke sie andauernd über etwas nach, dessen Abbild sich über die Anblicke vor ihren Augen legte. Ich versuchte, sie in Ruhe zu lassen, so gut ich konnte, aber ganz blicklos sollte sie nicht durch diese schöne Stadt schlafwandeln, die doch Teil ihres neuen Lebens sein würde. Kultur und Stil waren in Avignon und hier, Cadenet hatte nur die Ruhe und den ländlichen Frieden.

Sie bat mich zu fahren, als wir zurück im Parkhaus unsere Sachen ins Auto legten, und auf der Autobahn schloss sie die Augen. Sie sah müde aus.

»Bist du unglücklich?«, fragte ich sie, weil ich auf einmal das Gefühl hatte, die Verbindung zwischen uns sei abgebrochen.

»Das weiß ich nicht. Ich glaube nicht. Aber ich muss die ganze Zeit an deine Schwester denken, und auf einmal tut sie mir leid. Auf einmal verstehe ich, wie schwer es ihr gefallen sein muss, keinen Kontakt mit mir aufzunehmen. Auf einmal kommt mir das, was in ihrem Brief steht, viel näher, und auf einmal tut es weh.«

Statt einer Antwort nahm ich kurz ihre Hand, bis ich meine wieder zum Schalten brauchte.

»Ich hatte das Gefühl, sie sei die ganze Zeit bei uns«, sagte ich dann doch, »sie ist mit uns durch Aix spaziert.«

»Ja. Das hab ich auch bemerkt.«

Ein silberner Citroën parkte am Straßenrand, ein paar Meter vor unserer Einfahrt, Malin murmelte etwas, das vielleicht: »Nein, das will ich nicht« hätte sein können, und ich hatte den Eindruck, sie ducke sich, als wolle sie nicht gesehen werden. Als wir daran vorbeifuhren, sah ich, dass das Auto leer war, aber vor dem Haus stand ein Mann etwa meines Alters mit künstlerhaft langem weißen Haar, Jeans, Turnschuhen und einer dunkelgrauen Barbourjacke. Er sah mit zusammengekniffenen Augen zu uns her.

»Soll ich weiterfahren?«, fragte ich.

»Nein«, sagte sie, »da muss ich jetzt durch.«

Ich bog in die Einfahrt, und sie stieg aus, ging ein bisschen zögerlich, aber vielleicht auch nur für meine Augen, dem Mann entgegen und blieb etwa zwei Meter entfernt von ihm stehen. Ich beeilte mich, ebenfalls auszusteigen, denn ich hatte das Gefühl, ich müsse sie unterstützen. Ich ging hin, nickte dem Mann zu, er nickte zurück und fixierte sofort wieder Malin. Er starrte sie an. Sie starrte zurück. Ich stand daneben und hielt mich bereit.

»Das ist mein Onkel«, sagte Malin und deutete auf mich, »Andreas. Und das ist mein ... der Mann, den ich vierzig Jahre lang für meinen Vater gehalten habe.« Sie musste nicht auf ihn deuten.

Ich weiß nicht, ob er bleich wurde, aber er wirkte auf mich wie abgeschaltet. Ganz offenbar war er ohne Vorahnung hierhergekommen und jetzt außerstande, irgendeine adäquate Reaktion zuwege zu bringen.

»Setzt euch«, sagte ich und deutete auf den Gartentisch, »ich bring was zu trinken.«

Ich hatte einen Augenblick lang Angst, der Mann würde einfach umfallen, aber er ging folgsam voraus und setzte sich. Malin folgte ihm, setzte sich ebenfalls, aber an die gegenüberliegende Tischseite, so weit wie möglich entfernt von ihm.

Ich ging zum Auto, nahm unsere Sachen heraus und brachte sie in die Küche. Dort schaltete ich die Espressomaschine ein. Der Mann war vermutlich von wer weiß woher stundenlang gefahren. Ich stellte je zwei Wassergläser und Weingläser aufs Tablett, die angebrochene Flasche Wein und eine Perrier aus dem Kühlschrank dazu.

Er tat mir leid. Er hatte vielleicht vorgehabt, seiner Tochter ins Gewissen zu reden, sie solle ihren Freund nicht so radikal abservieren, oder er hatte sie gar unterstützen und wissen wollen, was in ihr vorging, ihr seine Hilfe anbieten, seinen Schutz oder Trost, und dann war der erste Satz, den er zu hören bekam, du bist nicht mein Vater.

Als ich wieder nach draußen kam, saßen die beiden noch genauso da wie vorher, er die Arme vor der Brust verschränkt, blass und unsicher, als fürchte er, vom Stuhl zu kippen, und Malin zwar nicht lauernd, aber angespannt und, so weit glaubte ich sie schon zu kennen, als sage sie sich innerlich Sätze vor wie, das schaffst du, das geht jetzt nicht anders, mach dich nicht klein, bleib gerade.

Aus den paar Meter Entfernung zwischen der Szene und mir sah ich allein an der Körperhaltung dieser beiden Menschen, dass die eine immer das Kind gewesen war und der andere immer der Vater. Und dass das nun nicht mehr so sein würde, dass sie beide das wussten, aber ihre Körper noch keine Ausdrucksmöglichkeit dafür gefunden hatten. Sie verharrten jeweils in einer Haltung, die nicht mehr angemessen war. Sie wussten es und konnten es nicht ändern.

Ich musste an die Tom-und-Jerry-Filme denken, die ich als Kind gesehen hatte – da lief das hereingelegte Opfer eines Streichs noch so lange in der leeren Luft weiter, bis es merkte, dass da längst kein Boden mehr unter ihm war.

Ich stellte die Getränke ab und ging zurück in die Küche, um noch Oliven, ein bisschen Brot und etwas von dem Schinken auf eine Platte zu legen. Als ich damit nach draußen kam, saßen sie noch immer schweigend da, nur hatten sie jeder ein Glas vor sich stehen, sie Wasser, er Wein, und Malin starrte vor sich auf die Tischplatte, während er sie ansah, als halte er sich an ihrem Anblick fest, um nicht ins Innere der Erde zu stürzen.

»Ich lass euch mal alleine«, sagte ich, in der Hoffnung, der Klang einer menschlichen Stimme würde sie daran erinnern, dass auch sie jetzt reden könnten.

»Nein, bleib da. Bitte«, sagte Malin, und jetzt war sie es, die den Eindruck machte, als ginge es darum, nicht abzustürzen oder fortgeweht zu werden.

Ich nahm das Wasserglas, das ich für ihn vorgesehen hatte, und schenkte mir ein, wischte ein paar herabgefallene Kiefernnadeln vom Tisch, setzte mich auf den dritten Stuhl und versuchte, ermutigend dreinzuschauen. Beide wichen meinem Blick aus.

»Könnten wir nicht erst mal zu zweit miteinander reden?«, sagte er, und ich sah, dass die Finger seiner rechten Hand um die Sitzfläche des Stuhls gekrallt waren. So fest, dass es fast bizarr aussah. Wie auf einer Karikatur standen die Knöchel nach außen, und die Spannung schien sich bis zum Ärmel seines Polohemdes hinauf fortzusetzen. Er hatte seine Jacke über die Lehne gehängt und suchte jetzt in einer der Seitentaschen nach etwas, das sich beim Hervorholen als Zigarettenpackung entpuppte.

»Das will ich aber nicht«, sagte Malin jetzt. »Ich will, dass Andreas da ist.«

Er sah mich an. In seinem Blick lagen weder Abneigung noch Zorn, er hatte eher etwas Fragendes. Vielleicht dachte er an Nina und suchte nach irgendeiner Ähnlichkeit bei mir?

»Richard«, sagte er.

»Ich weiß.«

»Ist Nina auch hier?« Jetzt war da Angst in seinem Blick. Erst in diesem Augenblick schien ihm zu dämmern, dass er ihr womöglich nach vierzig Jahren unter die Augen treten musste und erklären, was nicht zu erklären war.

Ich warf einen schnellen Seitenblick auf Malin, falls sie Lust hatte, ihn zu quälen mit der Behauptung, ihre wirkliche Mutter könne jederzeit aus der Stadt zurückkommen, aber sie sah weder kämpferisch noch triumphierend aus, nur traurig und erschöpft, und antwortete statt meiner: »Sie ist tot.«

Richard schwieg. Aber jetzt sah er von ihr zu mir und wieder zurück zu ihr.

»Sie hat hier gewohnt«, sagte ich, weil ich dachte, es sei nun langsam Zeit für die Erklärung, »im Juli ist sie gestorben.«

Die Angst verschwand aus seinem Gesicht, aber es war nicht Erleichterung, die ihr folgte, sondern dieselbe Bedrücktheit und vielleicht sogar Scham wie vorher.

»Hättest du dich je noch mal bei uns gemeldet?«, fragte er Malin, ohne dabei vorwurfsvoll zu klingen. Ich hatte den Eindruck, er frage das Ausmaß der Katastrophe ab, in der er so unversehens gelandet war.

»In den nächsten paar Wochen sicher nicht«, sagte sie, »irgendwann schon, aber nicht so bald.«

»Und wenn Markus nicht dein Handy geortet hätte, dann wärst du für uns jetzt tot oder entführt oder schwer verletzt gewesen, und wir hätten nichts tun können, um dir zu helfen. Soll das die Strafe sein. Für Jo und mich? Das haben wir Nina nicht angetan, falls du das glaubst.«

»Ihr habt sie glauben lassen, ich sei tot. Was ist da der Unterschied?«

»Wir dachten, so kann sie sich damit abfinden, wenn sie zu sich kommt. Das ist schon ein Unterschied, finde ich.«

»Du willst mir aber jetzt nicht erklären, dass ihr beide nur das Beste für Nina wolltet, oder? Dass ihr das lästige Baby mitgenommen habt, um ihr was Gutes zu tun?«

»Nein, das will ich nicht. Aber dir wollten wir was Gutes tun. Wir wollten dich retten. Und wir haben dich gerettet. Wir haben dir ein gutes Leben ermöglicht, verlässliche Eltern, gute Schulen, geordnete Verhältnisse, eine Ausbildung. Wer weiß, in welchem Dreckloch du aufgewachsen wärst, ob du heute überhaupt noch leben würdest, wenn wir dich dort gelassen hätten. Hast du eine Vorstellung davon, wie Nina damals war? Was für ein Mensch sie war? Sie war ein Junkie, als wir sie in San Francisco aufgelesen haben, und sie hat später nur wegen der Schwangerschaft damit aufgehört. Sie hätte nach deiner Geburt so weitergemacht.«

Malin schwieg. Ich spürte, dass ich wütend wurde und diesem selbstgerechten Sermon am liebsten eine Ohrfeige oder einen Kinnhaken entgegensetzen wollte. Ich gestand diesem Ricky nicht das Recht zu, meine Schwester zu verleumden. Ich stand auf, sagte »Bin gleich wieder da« und machte mich in der Küche daran, drei Tassen Espresso aus der Maschine zu lassen.

Als ich damit zurückkam, schwiegen sie noch immer,

also sagte ich: »Nina kann sich nicht mehr wehren. Sie jetzt mit Dreck zu bewerfen ist nicht fair.«

»Das ist kein Dreck«, sagte er, »so war es. Sie war haltlos, hat sich einfach so treiben lassen und jedem Mann den Kopf verdreht.«

»Dir auch?«, sagte Malin, ohne aufzusehen.

Er dachte einen Moment nach, entweder um sich zu erinnern oder um sich eine Ausrede einfallen zu lassen, dann sagte er, ebenfalls ohne sie anzusehen: »Da sprichst du was Wichtiges an.«

»Also war sie eine Gefahr für Jo, und die wollte dich da weghaben. Hat sie dir eingeredet, man müsse das Kind retten?«

»Das musste sie nicht. Du wärst verloren gewesen.«

Ich mischte mich ein: »Ich hatte in der Zeit keinen Kontakt mit Nina, aber ich kannte sie davor und danach, und haltlos war sie nie, könnte es nicht sein, dass Sie und Ihre Frau …«

»Du.«

»… dass du und deine Frau euch darauf verlegt habt, sie zu dämonisieren, weil sie eine Gefahr für eure Beziehung war?«

»›Dämonisieren‹ ist ganz sicher nicht das Wort.«

»Und welches Wort ist es dann?«

»Vorsichtig sein, wachsam sein, skeptisch sein vielleicht.«

Wir schwiegen alle drei. Und wir ließen alle drei die Espressotassen unberührt vor uns stehen. Richard drückte seine aufgerauchte Zigarette in dem Tellerchen aus, das ich ihm als Aschenbecher hingestellt hatte, Malin starrte zur Seite über das abgeerntete Weinfeld hinweg, und ich fragte mich, was meine Rolle hier war. Ninas Anwalt? Malins Anwalt? Der Moderator?

Gerade überlegte ich, ob ich das Offensichtliche erwähnen sollte, nämlich dass es sich um ein Verbrechen handelte, was die beiden vor vierzig Jahren getan hatten, sogar mehrere, Freiheitsberaubung, Entführung, Urkundenfälschung, da sagte Richard: »Wie hat Nina von dir erfahren?«

»Sie hat einen von damals später wiedergetroffen, einen Italiener, der hat es ihr erzählt«, sagte Malin, und jetzt sah sie ihm in die Augen.

»Gianni. Ich habe ihm tausend Dollar gegeben, damit er das für sich behält.«

»Fünfhundert pro Jahr. Sie hat ihn nach zwei Jahren wiedergetroffen. Aber es hat zwölf Jahre gebraucht, bis sie mich gefunden hat.«

»Und wie hat sie das geschafft?«

»Sie hat einen Detektiv engagiert. Der hätte uns nie gefunden, wenn wir nicht nach Deutschland zurückgekommen wären.«

»Und warum hat sie sich dann nicht gezeigt? Warum stand sie nicht mit der Polizei vor der Tür?«

»Weil ich ein glückliches Kind war. Es ging mir gut.«

Malins Stimme klang unsicher, unmelodisch – ich hatte während der letzten Sätze auch in die Ferne geschaut und den Dialog nur akustisch verfolgt, jetzt sah ich, dass sie weinte. Sie schlug die Hände nicht vors Gesicht, sondern ließ einfach die Tränen fließen, den Blick weiterhin auf das Weinfeld gerichtet, ohne dort irgendetwas zu sehen – vermutlich sah sie sich als kleines Mädchen auf dem Schulhof mit Freundinnen oder auf der Straße beim Himmel-und-Hölle-Spielen und eine einsame Frauengestalt, die von irgendwoher, einer Bushaltestelle oder aus dem Fenster eines Taxis, den Blick nicht von ihr lassen konnte und unvorstellbar unglücklich gewesen sein musste.

Mir hatte sie verboten, von Nina zu erzählen, jetzt war eingetreten, was sie damit hatte vermeiden wollen. Auf einmal war ihre Mutter anwesend, aber nur noch als Phantom, es war zu spät, sie war für immer getrennt von der Tochter, die sie vielleicht einmal, ein einziges Mal, in die Arme hatte schließen wollen.

»Es tut mir leid«, sagte Richard jetzt, »wir waren uns so sicher, das Richtige zu tun.«

Jetzt klang er nicht mehr selbstgerecht, sondern fragend, als käme ihm zum ersten Mal überhaupt zu Bewusstsein, was er Nina und jetzt, da sie davon wusste, auch Malin damit angetan hatte.

»Sie tut mir leid«, sagte Malin, »was sie durchgemacht hat, kann sich keiner von uns vorstellen.«

Ich hatte Mühe, mich zu beherrschen, um nicht auch noch zu heulen, denn ich sah Nina vor mir in der Zeit, als sie von dem Kind erfahren haben musste. Sie war nach London gezogen und leitete die Filiale der Pariser Galerie, in der sie alles gelernt hatte, was sie dazu wissen und können musste. Bei ihr sah ich zum ersten Mal Bilder von Hockney, Freud und Bacon. Ich dachte damals, Nina habe Heimweh oder trauere vielleicht einem Pariser Liebhaber nach, denn sie war so bedrückt wie ein paar Jahre zuvor, als sie nach ihrem amerikanischen Intermezzo in München aufgetaucht war. Ich fragte sie nicht, was mit ihr los sei, sondern versuchte sie aufzuheitern und mit meiner Begeisterung anzustecken für ihre schöne Wohnung in Mayfair, ihr Ansehen in der Gesellschaft, das lebendige London und die Künstler, mit denen sie zu tun hatte. Ich war stolz auf sie und benahm mich wie ein Verehrer. Sie ließ sich damit hin und wieder aus ihrer entrückten Melancholie locken, aber das gelang mir nie für längere Zeit.

Es war das Jahr neunundachtzig, und die Turbulenzen im zusammenbrechenden Ostblock, der Fall der Mauer, die Erschütterung, die ganz Europa erfasst hatte, wühlten auch uns auf, ich war abgelenkt und nahm Ninas Stimmungsschwankungen einfach so hin, anstatt nachzubohren und mich darauf einzulassen.

Richard hatte nichts von dem, was ich auf den Tisch gestellt hatte, angerührt, ebenso wenig Malin oder ich. Sie weinte nicht mehr. Wir schauten alle drei in verschiedene Richtungen und schwiegen, bis Malin ihre Hand nach Richards Zigarettenpackung ausstreckte und fragte: »Gibst du mir eine?«

»Rauchst du?«, fragte Richard zurück und schob ihr die Packung und gleich darauf das Feuerzeug entgegen.

»Nur jetzt.«

»Ich hoffe, das kann irgendwie wieder gut werden«, sagte er, immer noch ohne sie anzusehen, und nahm sich selbst eine Zigarette, zündete sie an, nachdem Malin ihm das Feuerzeug zurückgeschoben hatte, »man kann ja nichts mehr ändern außer dem eigenen Blick.«

Ich wartete, ob Malin etwas entgegnen würde, aber sie schaute wieder aufs Weinfeld und schien über etwas nachzudenken. Sie wirkte jetzt weniger angespannt als vorher, eher verträumt, versunken, irgendwo mit den Gedanken bei etwas Schönem oder Friedlichem.

»Willst du hier schlafen?«, fragte ich Richard.

»Nein. Ich fahre nach Avignon und suche mir dort ein Hotel. Ist noch früh genug.«

»Fluchtreflex?«, sagte Malin und drückte ihre Zigarette aus.

»Ehrlich gesagt, ja. Ich kann wohl nicht weiter auf dich einreden, und den Schock muss ich auch noch verdauen.«

»Dann mach ich dir einen frischen Kaffee, der hier ist kalt«, sagte ich und stand auf, nahm das Tablett mit den drei unberührten Tassen und sah Malin fragend an.

»Ja«, sagte sie, »ich auch. Diesmal trink ich ihn.«

Als ich in der Küche mit der Maschine hantierte, kam sie herein, ging durch zur hinteren Tür und sagte von dort: »Danke, dass du dageblieben bist. Ich hätte es nicht allein geschafft.«

Als ich den dritten Espresso aufs Tablett stellte, kam sie wieder zurück und wirkte beschwingt oder gestärkt, als hätte sie mal eben eine Nase Koks gezogen. Hoffentlich nicht. Ich erinnerte mich an einen Schaffnerkollegen, der sich damit ruiniert hatte.

Draußen tranken wir den Kaffee im Stehen, als wollten wir einander damit zuprosten, dann straffte sich Richard, sah Malin an und sagte: »Ich darf dich noch nicht wieder umarmen, oder?«

»Nächstes Mal«, sagte sie.

Er gab mir die Hand, sagte: »Danke« und ging zu seinem Auto. Dort blieb er stehen, wandte sich zu uns um und kam wieder zurück.

»Hättest du mir mal kurz eine Schere?«, sagte er zu mir, ich nickte und holte die Kochschere aus der Schublade. Er nahm sie an sich, schnitt sich eine Strähne von seinem Haar ab und gab sie Malin. Die sah ihn erstaunt an, nahm die Strähne und runzelte die Stirn.

Er sah ihr offen in die Augen, wartete einen kurzen Moment, ob sie etwas sagen oder fragen würde, das tat sie nicht, also sagte er: »Ich bin dein biologischer Vater. Vielleicht schaffst du es, das für dich zu behalten. Jo weiß es nicht, und es würde noch mehr kaputtmachen, wenn sie's erfährt.«

Er ging zu seinem Auto, stieg ein und fuhr los, ohne sich noch einmal nach uns umzudrehen.

Wir standen nebeneinander und sahen Richards Staubfahne hinterher.

»Das war vielleicht ein bisschen zu viel für einen Tag«, sagte Malin, und ich legte meinen Arm um ihre Schulter. Sie lehnte sich an mich, bis sich der Staub gelegt und der Hund beruhigt hatte.

Wir hatten beide keinen Hunger und wollten beide nicht allein sein, also setzten wir uns an den Kamin und starrten in die Flammen. Minou hatte sich zu uns gesellt, gähnte ab und zu, streckte sich, nur um sich dann wieder mit eingeklappten Vorderpfoten genau außerhalb des Radius eventueller Funken hinzulegen.

Ich glaube, Malin ging es wie mir: zu müde, um sich hinzulegen, zu erschöpft, um dieser Erschöpfung nachzugeben, zu aufgedreht, um irgendwas zu tun.

Wir hatten auch kein Bedürfnis zu reden, als Malin zum ersten Mal den Mund aufmachte, waren schon mehr als zwanzig Minuten vergangen. Das wusste ich, weil das Ticken der alten Standuhr zwischen den Bücherregalen zusammen mit dem Knistern und Knacken des Feuers immer wieder kleine tänzerische Rhythmen erzeugte und ich deshalb hingesehen hatte.

»Verkraftest du noch eine Neuigkeit?«, fragte sie.

»Kommt drauf an«, sagte ich, »wenn sie niederschmetternd ist, schmettert sie mich nieder, wenn sie erfreulich ist, erfreut sie mich.«

»Abgesehen davon, dass du nervst mit deiner deplatzierten Präzision, und abgesehen davon, dass Redundanz die Bezeichnung ›Präzision‹ gar nicht verdient, und abgesehen davon, dass …«

»Du dich grad selber in Redundanzen suhlst …«

»Ja, weil ich gute Laune habe und versuche, deinen Humor zu kopieren.«

»Lenk nicht ab.«

»Ich bin schwanger.«

Je länger ich sie nur anstarrte, ohne den Gedanken, die mir durch den Kopf schossen, wirklich folgen zu können, desto mehr veränderte sich ihr Lächeln in ein zuerst leicht spöttisches, dann schwer belustigtes Grinsen.

»Du guckst so belämmert, als wärst du der Vater«, sagte sie, »dabei hast du dich doch geweigert, mich zu heiraten.«

»Ja also, ich freue mich«, sagte ich, »weil ich sehe, dass du dich freust, aber ist das nicht riskant in deinem Alter?«

»In deinem Alter. Das gibt es nicht. So was sagt man nicht zu einer Dame. Und außerdem ist das heutzutage überhaupt kein Problem mehr.«

»Und willst du dann zu deinem Markus zurück?«

»Das wär das Letzte, was ich wollte.«

Sie sah mir wohl die Erleichterung an, die ich so deutlich fühlte, als erschlafften alle Muskeln meines Körpers gleichzeitig.

»Machst du mit?«, fragte sie.

Ich nickte nur. Jetzt waren da wieder Muskeln, die ich spüren konnte. In meinem Gesicht. Ich lächelte.

~

Ich hatte noch zweimal Holz nachgelegt, weil wir uns einfach nicht trennen wollten. Wir redeten noch immer fast nichts, saßen nur da und ließen unsere Gedanken die Zukunft abtasten. Ich war mir sicher, wir würden Zeit genug haben, um alles zu besprechen, was aus dieser Neuigkeit folgen musste. Irgendwann sagte ich: »Deshalb warst du in der Apotheke, du hast einen Schwangerschaftstest gekauft.«

»Ich fand, es wäre zu früh für die Wechseljahre«, sagte sie. »Ich wusste es aber schon, bevor ich daheim weggefahren bin, dieser Test war so was wie die zweite Meinung. Ein deutscher und ein französischer können sich nicht beide irren.«

Dann schwiegen wir wieder, bis ihr die Frage einfiel: »Kannst du Gummitwist?«

»Das lern ich«, sagte ich.

Als wir schließlich in unsere Betten gingen, war es kurz vor zwölf, und ich rechnete damit, irgendwann in der Nacht zum Brunnen aufzubrechen, aber als ich aufwachte, hörte ich das Kreischen eines Eichelhähers und sah auf meiner Armbanduhr, dass es kurz nach halb sechs war.

7

Ich trödelte beim Duschen und Anziehen, aber als ich damit fertig war, zeigte die Uhr noch immer erst kurz vor sechs, und die Boulangerie öffnete frühestens um halb sieben, also ließ ich das Auto stehen und ging zu Fuß.

An einem der Olivenhaine legte ein Trupp von Erntearbeitern schon die Netze unter den Bäumen aus, und damit begann der letzte Teil der Ernte. Danach würde wieder Ruhe einkehren und der unterforderte Hund in Depression versinken. Malin würde eine Reihe von Ereignissen zum ersten Mal erleben, demnächst schon die Lichterketten auf dem Weihnachtsmarkt, dann vielleicht die Stadt im Schnee – das kam alle paar Jahre mal vor, wie ich von Nina wusste, ich selbst hatte es erst einmal gesehen –, den Frühling, die Rückkehr der Vögel, die Lavendelblüte, die Glühwürmchen, die Nachtigallen. Deren Gesang würde das Kind vielleicht als erstes Umgebungsgeräusch wahrnehmen, zusammen mit dem Gekläff des Hundes natürlich und der Stimmen seiner Mutter und seines Onkels. Und vielleicht der von Greg Lake oder Chris Farlowe.

Madame Guerault sah mich erstaunt an, als ich den Laden betrat, so früh war ich noch nie dort gewesen. Und auch nicht so fröhlich, zumindest nicht im letzten halben Jahr.

~

Bei den Olivenbäumen hantierten sie jetzt mit blauen Plastikrechen an langen Stielen und kämmten die Früchte heraus.

Hinter der nächsten Kurve hörte ich einen Motor und trat an den Straßenrand. Es war Malin. Ich winkte mit dem Baguette in der einen Hand und der Tüte mit Croissants und Pains au chocolat in der anderen wie ein Marshaller auf dem Flugplatz. Sie hielt an und stieß die Beifahrertür auf.

»Erster«, sagte ich, als ich saß und sie wieder anfuhr.

»Wirst du jetzt eine Lerche? Ich habe dich für eine Nachtigall gehalten.«

»Vielleicht leiten wir noch keine Regel davon ab. Heute war's halt mal früh. Das kann morgen schon wieder anders sein.«

»Es wäre sicher ganz gut, wenn wir uns beide in den nächsten Monaten noch eine Schlafreserve anlegen. Wer weiß, was dann mit unseren Nächten passiert.«

»Ich bin Rentner«, sagte ich, »und du wirst erst mal Mama im Hauptberuf. Das schaffen wir schon.«

»Hoffentlich wird es kein Schreikind.«

»Dann setzen wir es vor den Hund und schauen mal, wer von beiden zuerst die Klappe hält.«

»Oje«, sagte sie und bog auf einen Feldweg ein, um zu

wenden, »das klingt ein bisschen nach ins Wasser schmei-
ßen zum Schwimmenlernen.«

»Keine Sorge. Das ist nur Fassade. Ich will männlich
rüberkommen.«

»Hoffentlich komme ich nicht allzu weiblich rüber in
der nächsten Zeit. Mit der Art von Hormonattacke, die
mir jetzt wohl blüht, habe ich keine Erfahrung. Vielleicht
wechsle ich alle zehn Minuten die Stimmung von Angst
zu Freude zu Wut zu Depression.«

»Keine Angst. Das geht vorüber. Ich spiele dann den
Stoischen, bis du dich wieder eingesammelt hast.«

»Hast du damit schon Erfahrung? Hast du schon mal
eine Frau begleitet, die ein Kind kriegt?«

»Nein. Aber den Stoischen hab ich schon gespielt. Das
kann ich.«

Wir bogen auf unseren Hof ein.

Beim Frühstück bat sie mich um die Telefonnummer von
Aurélie, die sie nach einem Gynäkologen fragen wollte.
Dann bot sie mir an, meine Haare zu schneiden, sie behauptete, das könne sie gut und mache sie gern und habe
sie seit Jahren für ihre Freunde und Markus getan. Ich
könne mich ihr also getrost anvertrauen.

»Sagst du ihm, dass er ein Kind bekommt?«

»Nein.«

»Und wenn das Kind dir dann in zwanzig Jahren dieselben Vorwürfe macht?«

»Bis dahin hab ich mir was überlegt.«

»Ich hoffe, du überlegst es dir vorher.«

»Vielleicht. Aber nicht in den nächsten Monaten. Ich
will ihn nicht alle paar Wochen hier wegschicken müs-

sen. Und ich will keinen Streit ums Sorgerecht und kein Bombardement mit Mails oder SMS, ich will keinen Markus mehr in meinem Leben. In unserem.«

»Dann solltest du alles Organisatorische mit ihm bald erledigen, bevor er es dir ansehen kann, alles, wobei ihr zusammentreffen müsst.«

»Ja, das tu ich. Gynäkologe, Markus, Ummeldung hierher, Garten fertig machen, Kinderzimmer einrichten. In der Reihenfolge.«

»Haarschnitt für Andreas.«

»Als Allererstes.«

~

Ich lehnte es ab, in den Spiegel zu schauen, behauptete, mir reiche ihr zufriedener Gesichtsausdruck, nachdem sie fertig war und das Handtuch von meinen Schultern genommen und ausgeschüttelt hatte.

»Jetzt kommst du männlich rüber«, sagte sie, »weißt du eigentlich, dass du ein bisschen Ähnlichkeit mit Michael Caine hast?«

»Ich dachte immer mit Derrick.«

»Quatsch. Lässt du mich auch noch an deine Augenbrauen? Sonst siehst du nämlich auch noch ein bisschen aus wie Martin Walser.«

»Das muss nicht sein. Bitte.«

Ich schloss die Augen, und obwohl es mir unangenehm war, eine Schere so nah zu wissen, empfand ich es als liebevolle, fast zärtliche Zuwendung, als sie vorsichtig und zum Glück ziemlich schnell mit der Zivilisierung meiner Brauen beschäftigt war. Ich atmete erleichtert auf, als sie fertig war, sie lachte und sagte: »So. Jetzt können die Frauen dir nachpfeifen.«

Ich staunte wieder über ihr geschliffenes Französisch, als sie mit Aurélie telefonierte. Sie schien über keins ihrer Worte auch nur den Bruchteil einer Sekunde nachdenken zu müssen, es klang geschmeidig und selbstverständlich, als spräche sie nichts anderes seit Jahren.

»Okay«, sagte sie, nachdem sie das Handy beiseitegelegt hatte, »ich geh jetzt gleich in die Sprechstunde. Aurélie sagt, mittwochvormittags ist es nie voll bei Docteur Lafeche. Und sie sagt, er sei toll. Die Frauen schwärmen von ihm.«

»Hier in Cadenet?«

»Nein, im Centre Hospitalier in Pertuis.«

»Soll ich dich hinfahren?«

Sie lachte. »Nein. Mit der Fürsorglichkeit kannst du dir noch Zeit lassen. Erst wenn ich dick und lahm und miesepetrig bin.«

Sie ging nach nebenan und kam zurück mit Jacke überm Arm und Pumps an den Füßen. Und sie hielt die Klarsichthülle in der Hand, die ich schon kannte. Sie legte sie vor mich auf den Küchentisch.

»Könntest du das lesen? Ich weiß, dass es dir widerstrebt und vermutlich wehtut, aber ich glaube, es ist wichtig. Du sollst alles wissen, was drinsteht.«

»Warum?«

»Ich will das teilen mit dir. Wir beide sind die Einzigen, die es angeht.«

Als ich den Motor draußen anspringen hörte, begann ich den Tisch abzuräumen, und als ich die Spülmaschine startete, hatte der Hund das Bellen wieder eingestellt.

Liebe Malin,
du kennst mich nicht und ich dich nur vom Sehen, also wirst du dich wundern, dass ich dich einfach so duze. Nun, einfach

ist das nicht, aber es ist dennoch die richtige Anrede, denn du bist meine Tochter. Bitte wirf diesen Brief nicht jetzt schon weg, das reicht noch, wenn du ihn gelesen hast, bis dahin gib mir bitte dein Vertrauen auf Kredit, und geh davon aus, dass ich nicht verrückt oder gar gefährlich bin, genau genommen bin ich gar nichts mehr, nur noch dieses bisschen Handschrift, denn wenn du sie vor Augen hast, bin ich nicht mehr am Leben.

Der Anwalt, dessen Begleitschreiben meine Urheberschaft und Identität beglaubigt, wurde von mir beauftragt, dich nach meinem Tod zu kontaktieren und sicherzustellen, dass du diesen Brief persönlich erhältst.

Nun zu der Geschichte, von der ich glaube, dass du sie unbedingt kennen musst: Richard und Johanna, die beiden Menschen, die du bis jetzt für deine Eltern gehalten hast, haben dich mir als Baby weggenommen. Ich war nach deiner Geburt wochenlang ohne Bewusstsein, und als ich wieder zu mir kam, hieß es, du seist gestorben, Ricky und Jo hätten dieses traurige Ereignis nicht verkraftet und sich deshalb von uns losgesagt und nach Kanada aufgemacht.

Wir waren eine Hippiekommune in Oregon, lebten an einem kleinen See im Wald, nicht weit von einer Stadt mit dem Namen Prineville, in der wir unseren Lebensunterhalt zusammenklauten oder auch mit Tagelöhnerarbeiten verdienten, drei ständig bekiffte Italiener, die als Dealer unterwegs waren, aber die Hälfte ihrer Ware selbst rauchten, eine verwirrte und nie ganz anwesende Amerikanerin aus North Dakota und wir drei Deutschen, Ricky, Jo und ich. Wir waren schon einige Monate zusammen, fühlten uns frei und als Avantgarde einer zukünftig friedvollen und naturverbundenen Zivilisation, hatten selten Langeweile, weil das Schnorren und Klauen und Tagelöhnern uns in Atem hielt, verstanden uns leidlich gut, weil Ricky, der den Anführer gab, das Talent besaß, uns *alle glauben zu machen, wir seien etwas Besonderes und von Bedeutung für die zukünftige Gesellschaft.*

Meine Schwangerschaft mit dir war eine glückliche Zeit, vielleicht die glücklichste in meinem Leben, ich freute mich auf dich, fühlte dich immer stärker und lebendiger werden in mir, und je dicker ich wurde, desto fester war ich entschlossen, nach deiner Geburt mit dir nach Deutschland zurückzugehen, meinen Bruder um Hilfe zu bitten und ein ganz normales, bürgerliches und geordnetes Leben für uns beide aufzubauen. Ob dazu dann irgendwann auch noch ein Mann passen würde, ließ ich offen, die Freude über deine Ankunft war so groß, dass mir der Überdruss, den ich inzwischen in Bezug auf Männer verspürte, den Weg zu weisen schien. Wir beide und vielleicht mein Bruder, dein Onkel, falls er das wollte und konnte, würden eine Familie sein.

Die Schwangerschaft verlief ohne Probleme, ich war zweimal in Prineville beim Arzt, der, weil er ebenfalls ein Hippie war, mich ermutigte, deine Geburt ganz natürlich geschehen zu lassen. Er kannte eine Kalapuya-Indianerin, die er mir als Hebamme empfahl und die tatsächlich bereit war, mich zu begleiten. Alles ging gut, die Wehen dauerten nur wenige Stunden, ich erinnere mich an deinen ersten Schrei, das Gemurmel der Indianerin und das friedvolle Gefühl, dich im Arm zu halten und dein Herz an meiner Brust schlagen zu fühlen.

Tja, und dann muss ich in eine Ohnmacht oder ein Koma gefallen sein, und als ich daraus erwachte, kam ich zurück in eine Welt ohne dich und stürzte in den nächsten Abgrund. Diesmal bei vollem Bewusstsein. Die Indianerin pflegte mich lange, ich glaube, es waren Monate, ich weiß es nicht, weil für mich die Zeit stillstand. Sie nahm mich mit in ihren Trailer am Stadtrand und behexte mich mit allerlei Prozeduren, damit ich mich nicht umbrachte. Vermutlich wusste sie, dass du in Wirklichkeit lebtest, und hatte sich von Ricky, der in Deutschland einen wohlhabenden Familienhintergrund anzapfen konnte, bezahlen lassen. Aber vielleicht bin ich auch ungerecht, und sie wusste nichts davon, vielleicht hatte man auch sie ausgetrickst. Ich muss ihr dankbar sein, selbst wenn sie mich belogen hat, denn sie hat mich gerettet.

Ich schlief noch einmal eine Nacht an deinem Grab, dann zog ich mit zweien der Italiener weiter, zuerst nach Montana und, als es dort kalt wurde, nach Süden, nach Arizona. Dort lernten wir, aus Leder, Draht und Glasperlen Schmuck zu machen, und zogen mit diesem Handwerk zuerst durch die Staaten, dann zurück nach Europa, wo wir uns aus den Augen verloren, weil die beiden ein Paar waren und zu zweit sein wollten.

Ich erinnere mich nur vage an diese Zeit, ich war ständig bekifft und taumelte durch mein Leben, handelte inzwischen mit Indianerschmuck, den ich nicht mehr selbst herstellte, sondern beim Großhändler kaufte, klapperte die ehemaligen Hippie-Hotspots ab, an denen sich die letzten übrig gebliebenen Blumenkinder inzwischen als traurige Karikaturen zur Besichtigung für ganz normale Touristen feilboten. Ich war eine dieser Karikaturen mit meinem alten Mercedes-Bus, in dem ich wohnte, meinen tibetischen, afghanischen und indianischen Kleidern und dem mythisch aufgeladenen Plunder, den ich verkaufte. Mein Plan, ein geregeltes, verantwortungsbewusstes Leben zu führen, war mit dir gestorben. Ich wagte es nicht einmal, mich bei meinem Bruder in Deutschland zu melden, was ich vor dem Sprung nach Amerika regelmäßig getan hatte. Ich schämte mich. Ich schämte mich vor dir, die ich nicht hatte beschützen können, vor der ich mich in eine Ohnmacht geflüchtet hatte, für deren Tod ich verantwortlich war.

Und eines Tages traf ich Gianni wieder, einen der beiden Italiener, der inzwischen von seinem Freund verlassen worden

war. Er handelte noch immer mit selbst gebasteltem Leder-
schmuck als Fassade für die Polizei, aber in Wirklichkeit wie-
der mit Haschisch. Er besaß ein luxuriöses Wohnmobil und
war ein knallharter Geschäftsmann geworden.

Wir feierten unser Wiedersehen auf der Mola in Formen-
tera, und er betrank sich so, dass er mir spät in der Nacht
erzählte, du seist nicht tot, sondern von Ricky und Jo nach
Kanada mitgenommen worden. Dein Grab sei eine Lüge
gewesen, um mich von der Suche nach dir abzuhalten. Ich
schlug ihm zweimal ins Gesicht und fuhr noch in derselben
Stunde zum Hafen, um die Insel zu verlassen.

Auf Ibiza verkaufte ich mein Auto mitsamt der Ware und
fuhr per Anhalter nach München zu meinem Bruder, der
mich aufnahm und so lange im Schonraum seiner Bruderliebe
aufpäppelte, bis ich anfangen konnte, nach dir zu suchen. Ich
arbeitete in vernünftigen Jobs, verdiente vernünftiges Geld und
konnte mir damit einen Detektiv leisten, einen dicken und be-
harrlichen Mann, der dich jahrelang suchte. Zehn Jahre lang.

Rickys Nachnamen wusste ich, weil wir schon einmal
gemeinsam über die kanadische Grenze gefahren waren, den
von Jo wusste ich nicht, also konnte sich das alles als vergeb-
lich erweisen, wenn die beiden nicht zusammengeblieben
waren. Hätte sich Jo von Ricky getrennt und dich bei sich
behalten, dann wäre die Chance gleich null gewesen. Schnei-
ders gibt es wie Sand am Meer und Richards wie Kiesel auf
diesem Sand. Der Detektiv würde denen, die er nicht per Te-
lefon oder Mail erreichen konnte, vielleicht heute noch auf-
lauern, um zu fragen, ob sie mal eine Frau namens Jo ge-
kannt hatten.

Als ich die Nachricht bekam, dass er dich gefunden hatte,
schlief ich drei Nächte nicht, starrte stundenlang die beiden
Fotos von dir an, die seinem Brief beilagen, lief durch Lon-
don, wo ich damals lebte, und wusste nicht, welchem meiner

Gefühle ich mich ergeben sollte. Der lähmenden Angst, dich als mir vollkommen fremden Menschen wiederzufinden, oder der überwältigenden Sehnsucht, dich als, fremd oder nicht, auf jeden Fall lebendes Kind zu sehen. Die Sehnsucht gewann, und ich fuhr nach Bonn, wo ihr lebtet, stellte mich vor deine Schule und erkannte dich sofort, als du in einem Pulk von Mädchen die Treppe herunterkamst. Du hattest eine rote Baskenmütze auf, trugst eine hellgrüne Fleecejacke, darunter ein Hello-Kitty-Sweatshirt, Jeans, Turnschuhe und einen Eastpak-Rucksack. Ich hielt mich gut versteckt in meinem Mietwagen, jeder musste mich für eine wartende Mutter halten, und das war ich ja auch. Nur dass ich nicht bei deinem Anblick die Türe öffnete und dir winkte, sondern hemmungslos weinte, weil ich uns beide den Rucksack kaufen sah, die Jeans, die Turnschuhe, die Baskenmütze, alles, was du dir in den letzten zwölf Jahren gewünscht haben konntest, sah ich mich für dich oder mit dir zusammen kaufen, und dann sah ich dich um die Ecke gehen, allein, und ich schaffte es nicht, den Motor zu starten und dir zu folgen.

Eine Woche lang saß ich bei Schulschluss in diesem weißen Fiat und versuchte, dein Bild in mich aufzunehmen, jede Einzelheit festzuhalten, deine schwarzen Locken, blauen Augen, die bunten Schnürsenkel an deinen Schuhen und den kleinen Teddybär, der an deinem Rucksack hing. Beim dritten Mal weinte ich nicht mehr, sondern versuchte mir vorzustellen, was passieren würde, wenn ich dich anspräche. Du würdest weglaufen.

Und wenn ich mit der Polizei vor der Tür eures Hauses in Bad Godesberg stünde, dir erklärte, ich sei deine wirkliche Mutter und du würdest ab jetzt mit mir zusammenleben, deine bisherigen Eltern nie wiedersehen und trotzdem glücklich sein – du wärest entsetzt und verzweifelt und könntest diese fremde Frau niemals lieben.

Nach einer Woche fuhr ich zurück nach London, weil mein Bruder sich angesagt hatte. Ich schaffte es nicht, mich ihm anzuvertrauen, dabei ist er der Mensch, mit dem ich alles, wirklich alles teilen würde, der einzige Mensch auf der Welt, der so zu mir gehört wie du.

Von da an »besuchte« ich dich alle paar Wochen, ich spazierte an eurem Garten entlang, kam zufällig als Wanderin bei deinem Pfadfinderlager in der Eifel vorbei, saß in der Ecke in dem Café an der Rüngsdorfer Straße, das von deiner Clique frequentiert wurde, mogelte mich in die Schulaufführung, in der du das Fräulein Raina spieltest, und klopfte beschwörend auf den Sitz deiner roten Vespa, als du in der Abiturprüfung warst. Das alles machte der Detektiv möglich, der mich mit jeder Einzelheit, die er über dich in Erfahrung bringen konnte, versorgte. Ich glaube, er hat von uns beiden gelebt. Zumindest die Büromiete, Telefon und Alkohol haben wir ihm über sein halbes Berufsleben hin finanziert.

Als du in Hamburg mit deiner Lehre fertig warst, wollte ich eigentlich Kundin bei dir werden, aber ich habe mich beherrscht. Falls du mich in all den Jahren in Bonn hin und wieder gesehen hattest, würdest du dich wundern, dieselbe Frau, die zu Hause ja irgendeine Nachbarin sein konnte, auf einmal in Hamburg wieder vor dir zu haben. Aus demselben Grund war ich auch nur ein einziges Mal in Genf. Mit Kopftuch und Sonnenbrille. Falls du dachtest, du hättest Jackie Onassis gesehen — das war ich.

Immer wieder war ich entschlossen, mich dir endlich zu offenbaren, dir zu erklären, wer ich bin, und dich zu bitten, mir eine Chance zu geben, aber jedes Mal siegte die Rücksicht. Nicht auf deine »Eltern«, denen wünschte ich alles Schlechte, nein, Rücksicht auf dich, deren Glück ich damit riskieren würde.

Ich bin ganz sicher, du bist so klug wie schön und wirst mir

deshalb jetzt entgegenhalten, dass ich schließlich diese Rück-
sicht ja doch aufgegeben habe. Ja, das habe ich. Jetzt, da du
vierzig bist und ich tot, mute ich dir zu, was ich dir achtund-
zwanzig Jahre lang erspart habe. Mir läuft die Zeit davon,
ich kann jetzt nichts mehr hinausschieben, muss mich ent-
scheiden und stelle fest, dass ich nicht aus diesem Leben weg-
gehen will, ohne dir gesagt zu haben, dass ich dich (aus der
Entfernung) geliebt habe, immer für dich da gewesen wäre,
falls du mich gebraucht hättest, stolz auf dich war und vor al-
lem dankbar. Ja, ich verdanke dir mein Leben.

Bis hierher, bis der Krebs seine Chance bekam, hätte ich es
nicht geschafft ohne dich. Selbst meinem Bruder, der sich je-
derzeit für mich ins Feuer geworfen hätte, wäre ich untreu
geworden und hätte mich davongemacht in den immer wie-
derkehrenden dunklen Momenten, in denen ich nur einen
Ausweg sah – den ins Nichts.

Jetzt gehe ich dorthin, aber ich gehe als glückliche Frau, der
es vergönnt war zu lieben, eine Tochter, einen Bruder und im
Laufe der Zeit auch den einen oder anderen Mann, auch wenn
das nie lange vorhielt.

Darf ich dich um etwas bitten? Gib meinem Bruder An-
dreas die Chance, um die ich dich nie gebeten habe. Ich rechne
nicht damit, dass ich demnächst als Engel über euch beiden
schwebe, aber es ist das Schönste, was ich mir noch vorstellen
kann, und das Größte, was ich mir wünsche: dass ihr beide
euch mögt und umeinander kümmert.

Vielleicht kannst du ihn ja hin und wieder besuchen und
deine Ferien dort verbringen. Er lebt in der Provence, im Lu-
beron, das Städtchen heißt Cadenet, du hast dort ein Haus,
und er wohnt nebenan.

Vielleicht schaffst du es ja, mit ihm zusammen meine
Asche zu beerdigen. Ich wäre froh, er müsste das nicht alleine
tun. Ich werde ihm fehlen, das weiß ich. Dir kann ich nicht feh-

len, denn in deinem Bewusstsein existiere ich nur als Phantom, noch dazu als eines, das dich verlassen hat. Ja, das habe ich getan. Ich habe dich verlassen. Zuerst ohne es zu wollen und zu wissen, dann mit der vollen Verantwortung, die ich mit ins Grab nehme. Du musst mir nicht verzeihen, um mich zu entlasten, du kannst es tun, wenn es für dich passt, um dich selbst zu entlasten. Aber wenn dir Zorn auf mich besseren Halt im Leben gibt, als nachgetragene Zuneigung, dann ist das in Ordnung. Ich bin tot, für mich spielt es keine Rolle mehr.

Die Haarlocke liegt bei, damit du einen DNA-Abgleich machen lassen kannst. Alles, was du wissen musst, sagt dir Maître Pasquier, Rue Mazarin 73, Aix-en-Provence. Er regelt meinen Nachlass, gibt dir die Adresse in Cadenet und ist auch sonst für dich da, falls du irgendetwas brauchst. Er spricht Deutsch, aber ich vermute, dass dir das egal sein wird, denn dein Jahr in Genf hast du sicher nicht mit Zeichensprache hinter dich gebracht.

Ich weiß, das ist ein wenig gruselig, zwei Drittel deines Lebens von einer unsichtbaren Frau beobachtet worden zu sein, bitte verkrafte es, nimm es nicht übel, denk dran, dass diese Voyeurin dir nie etwas Böses wollte. Und bitte versteh, dass ich es nie gewagt habe, dich mit dieser Geschichte zu behelligen und es dennoch jetzt tue, somit alle Gründe, die vorher dagegensprachen, mit einem Mal beiseitewische und mich gleichzeitig feige aus dem Staub mache.

In Liebe, Nina

Zuerst musste ich den Tisch und mein Gesicht trocken wischen. Dann schob ich sorgfältig den Brief zurück in die Hülle, blieb sitzen und spürte, wie ein kochender Zorn in mir aufstieg von unterm Bauchnabel bis zum Kehlkopf. Zorn auf Nina, die diese Last nie mit mir hatte teilen wollen, die sich direkt neben mir all die Jahre selbst damit alleingelassen hatte. Der Zorn tat weh. Vielleicht mehr als die Trauer, die mich beim Lesen des Briefes geschüttelt hatte, und es brauchte eine Weile, bis er wieder abklang und schließlich in ein Gefühl der Leere überging.

Zum Glück war ich allein. Einen forschenden, teilnehmenden oder auch nur interessierten Blick hätte ich jetzt nicht ertragen, nicht einmal von Minou, die aber ohnehin nirgendwo zu sehen war.

Ich hatte wohl über zwei Stunden lang so am Tisch gesessen, den Brief vor mir, den ich kein zweites Mal las, während Bilder von Ninas und meinem gemeinsamen Leben und solche, die aus dem Inhalt ihres Briefs entstanden waren, sich abwechselten mit den verschiedensten Gefühlen, die wie das Wetter im Zeitraffer durch mich strömten und nach und nach schwächer und vager wurden. Es waren außer Trauer und Zorn nach und nach auch Dankbarkeit, Freude, Rührung dabei, und je länger dieses Ballett in mir hin und her schwang, desto mehr mischte sich auch Zärtlichkeit für Nina, später auch für Malin darunter, und als ich endlich den Hund und gleich darauf das Auto in der Einfahrt hörte, war ich wieder der, der ich sein wollte, konnte den Stoischen spielen und männlich rüberkommen, so wie ich es für mich als Rolle vorgesehen hatte. Ich ging ihr entgegen.

»Was sagt der Doc?«

»Alles okay. Ich bin gesund, das Kind ist gesund, es wird ein Mädchen, und ich bin schon im dritten Monat.«

Sie stand vor mir, sah mich so forschend an, wie es mir noch vor zwei Stunden unerträglich gewesen wäre, und sagte noch: »Kannst du mich mal in den Arm nehmen?«

Sie hatte wortlos den Brief an sich genommen und war nach nebenan gegangen, um sich eine Weile hinzulegen. Ich tat es ihr nach, spürte das Kitzeln herabgefallener Haare an meinem Hals und schlief ein, todmüde, als hätte ich den ganzen Vormittag über schwer gearbeitet.

Das sonore Brummen der Espressomaschine empfing mich schon auf der Treppe, und als ich unten war, stellte mir Malin eine der beiden Tassen hin.

Sie hatte ein großes, dunkelblaues Tuch um die Schultern gelegt, das ich von Nina kannte. Kaschmir, sehr fein, bestimmt teuer, Nina hatte es nur selten getragen. Malin sah mich interessiert an. Und jetzt störte es mich nicht mehr.

»Sollen wir sie begraben?«, fragte sie.

»Jetzt?«

»Ja.«

Ich trank den Kaffee in drei Schlucken aus und ging nach oben, um die Urne zu holen. Als ich wieder unten war, stand die Tür offen, und ich hörte Malin, wie sie den Werkzeugschuppen zwischen den Häusern schloss. Sie hielt den Spaten in der Hand und hatte die Gießkanne und den halb vollen Sack Blumenerde herausgestellt.

Wir gingen um ihr Haus, und ich begann zwischen den beiden vorderen Fenstern an der Nordseite zu graben.

Malin stand hinter mir, hielt die Urne in den Händen, stellte sie nicht ab und wartete, bis ich mit meiner Arbeit fertig war.

»Könntest du noch ein bisschen tiefer graben?«, fragte sie, als ich den Spaten schon an die Wand lehnen wollte, und ich tat es, ohne zu fragen, warum.

»Jetzt ist es gut«, sagte sie irgendwann, und ich spürte meine Knochen und war außer Atem, als ich mich endlich ausruhen konnte.

Minou war um die Hausecke gekommen, hatte sich in einiger Entfernung von uns hingesetzt und sah uns zu, als wüsste sie, dass es bei der folgenden Zeremonie auf ihre Gegenwart ankam.

Malin reichte mir die Urne, nahm das Tuch von ihren Schultern, schlug es um die Urne, sodass die hässliche gesprenkelte Oberfläche vollkommen darunter verschwand, kniete sich vor das Grab, ich tat es ihr nach, und wir nahmen beide das dunkelblaue Bündel und versenkten es gemeinsam in der Tiefe. Die letzten paar Zentimeter mussten wir es fallen lassen, weil unsere Arme nicht so tief reichten. Wir knieten noch eine Weile, vielleicht drei oder vier Minuten, mit den Händen auf unseren Schenkeln, dann nahm Malin eine Handvoll Erde und ließ sie ins Grab rieseln, ich tat dasselbe, dann standen wir auf, und ich begann, das Loch zuzuschaufeln.

»Bitte lass noch Platz«, sagte Malin und verschwand, brachte die volle Gießkanne und den Sack Blumenerde, verschwand dann wieder, und ich hörte die Kofferraumklappe des Autos auf- und zugehen. Sie kam zurück mit einem Rosenbusch.

Sie pflanzte die Rose mit Umsicht, und in den Bewegungen, mit denen sie die Blumenerde festdrückte, goss und weitere Erde um die Wurzeln legte, die sie wieder festdrückte und goss, lagen eine Zärtlichkeit und Konzentration, die mich, wäre sie mir nicht längst schon ans Herz gewachsen, spätestens jetzt für sie eingenommen hätte.

Wir standen noch eine Zeit lang da, schweigend, jeder für sich mit Bildern von Nina vor Augen, während wir nach Norden, in Richtung der Zeder, sahen, und irgendwann spürte ich, wie Malins Hand nach meiner fasste, sie in ihre nahm, und dann hörte ich sie sagen: »Erzähl mir von ihr.«

Danke allen, die mir bei diesem Text geholfen haben:
Jone Heer, Michael O. R. Kroeher, Sybille Hempel-
Abromeit, Thomas Erle, Uli Gleis, Marianne Maurath,
Maike Specht und mit ungeheurem Einsatz
mein Lektor Thomas Tebbe.